MONSTER HIGH

MONSTER HIGH 2. MONSTRUOS DE LO MÁS NORMALES

Título original: *Monster High. The Ghoul Next Door*

Av. Río Mixcoac 274, Col. Acacias
03240, México, D.F.

Alfaguara es un sello editorial del **Grupo Santillana.**
Éstas son sus sedes:

Argentina, Bolivia, Chile, Colombia, Costa Rica, Ecuador, El Salvador, España, Estados Unidos, Guatemala, México, Panamá, Paraguay, Perú, Puerto Rico, República Dominicana, Uruguay y Venezuela.

Primera edición: junio de 2011

ISBN: 978-607-11-1152-4

Adaptación para América: Elizabeth Wocker

Impreso en México

LISI HARRISON

Traducción de Mercedes Núñez y
Vanesa Pérez-Sauquillo

Para Mer Mer y nuestro NTF

CAPÍTULO 1

EL FARAÓN SÍ QUE SABE

El ambiente impregnado de ámbar vibraba de ansiedad. Crepitaba de tensión. Estallaba de impaciencia. No obstante, Cleo se negaba a descansar hasta que el palacio del Nilo estuviera a la altura de un rey, aunque los criados la tomaran por una majestuosa plasta.

—¿Mejor? —preguntó Hasina al tiempo que levantaba la esquina izquierda de la pancarta de papiro que Cleo les había emplazado a colgar a ella y a Beb, su marido.

Cleo ladeó la cabeza y dio tres pasos hacia atrás para obtener una nueva perspectiva. En el exterior, la lluvia arreciaba, silenciando el taconeo hueco de sus sandalias de plataforma contra el suelo de piedra caliza. Un tiempo ideal para alquilar una película, acurrucarse contra su chico y...

¡ALTO! Sacudió la cabeza para librarse de la placentera escena. Deuce ya no era bien recibido en sus pensamientos, ni tampoco en su sala de proyección. No, desde que la noche anterior acompañara a Melody Carver al baile del instituto. Además, necesitaba concentrarse. Más tarde tendría tiempo de sobra para planear su venganza.

Uniendo las yemas de los pulgares, Cleo estiró los brazos como el director de cine que encuadra una toma.

—Mmm...

Sus manos, del color del café con leche, formaron un marco a través del cual escudriñó la última posición de la pancarta. Era fundamental que pudiera ver con exactitud lo que su público vería. Y es que su público esperaba la perfección, y llegaría a casa al cabo de... Cleo echó un vistazo al reloj de sol tallado, situado en pleno centro del enorme vestíbulo. "¡Puf!". De noche, no servía absolutamente de nada.

—¡Comprobamos el tiempo! —dijo elevando la voz.

Beb sacó un iPhone de su túnica de lino blanco.

—Siete minutos.

"¡Maldición!"

Le habría resultado mucho más rápido teclear el mensaje en tamaño de letra setenta y dos e imprimirlo en su impresora láser. Pero su padre no toleraba la tecnología. Ya se tratara de anotaciones, listas o tarjetas de cumpleaños, los jeroglíficos eran la norma y no había más que hablar.

Ramsés de Nile —o Ram, como lo llamaban los occidentales— insistía en que todo cuanto se encontraba bajo su techo debía rendir homenaje a la herencia egipcia de la familia utilizando los antiguos caracteres, a cada uno de los cuales había que dedicar un promedio de veinte minutos para que quedara perfecto. Por ese motivo la pancarta rezaba: BIENVENIDO A CASA, en lugar de: BIENVENIDO A CASA, PAPÁ. "¡Por amor de Geb! ¿Quién dispone de tanto tiempo?".

Por suerte, aquella tarea mundana no había obstaculizado su plan habitual de los sábados con Clawdeen, Lala y Blue, pues ninguna de las tres "S" —Sol, Spa y Salir de compras— era ya una opción. Broncearse en el solárium quedaba descartado a causa de la tormenta. Y las otras dos "S" habían sido canceladas hasta que pudieran volver a salir en público sin correr peligro.

"¡Gracias, Frankie Stein!"

Desde el baile de la noche anterior en Merston High (¡el baile al que Deuce llevó a Melody Carver!), la policía de Salem andaba a la caza de un "monstruo verde" (¡Frankie!), cuya cabeza se había desprendido durante un besuqueo espectacular con Brett Redding. La comunidad de los RAD (Renegantes Aliados de la Diferencia) acordó que lo mejor sería que todos sus hijos sin excepción se quedaran en casa, por si acaso.

Afortunadamente, el padre de Cleo, famoso anticuario, se encontraba de viaje en una excavación arqueológica y se había perdido el espectáculo. Decir que era excesivamente protector era quedarse corto. ¿Y si supiera que Cleo había secundado el plan de Frankie? ¿Que su hija había acudido al baile de disfraces del instituto, con el tema de la invasión de los monstruos, disfrazada de momia o, más bien, que había ido vestida de sí misma? ¿Que Blue había dejado a la vista sus relucientes escamas de monstruo marino? ¿Que Lala había hecho alarde de sus colmillos? ¿Que Clawdeen había puesto al descubierto su pelaje de chica lobo? ¿Que el objetivo del grupo había consistido en demostrar a los normis que no había que temer las "excentricidades" de los RAD, sino celebrarlas? De sólo pensarlo, Cleo sintió un escalofrío. Si Ram se enterara apenas de la mitad, la encerraría en una tumba subterránea donde la mantendría hasta el año 2200.

—¿Está bien? —consiguió preguntar Beb a través de unos dientes apretados cuyo marfil relucía especialmente en contraste con su piel aceitunada.

¿Eran imaginaciones de Cleo, o la esquina superior izquierda aún parecía inclinada? El pecho se le combaba como a un cadáver con las vendas demasiado ceñidas. Quería terminar de una vez. *Necesitaba* terminar de una vez. Todavía tenían que servir el vino; había que organizar los aperitivos y preparar la lista discográfica de Sharkiat. Si no dejaba libres a los criados, semejantes tareas no se realizarían a tiempo. Cleo podría ayudarlos, claro está; pero se cortaría un brazo antes que echar una mano. Al fin y al cabo, su padre siempre decía: "Existen los jefes y existen los empleados. Aun así, tú, princesa mía, eres demasiado valiosa para cualquiera de ambos papeles". Y Cleo le daba la razón incondicionalmente. Eso sí, nadie había dicho que no pudiera supervisar.

—Más alto por la izquierda.

—Pero... —comenzó a argumentar Beb. Luego, a toda prisa lo pensó mejor. En cambio, activó el nivelador de la aplicación de herramientas de carpintero en su iPhone y lo colocó en posición horizontal. Observó pacientemente mientras la burbuja digital se desplazaba hacia el veredicto, al tiempo que sus labios del color del cacao mascullaban a la pantalla que decidiría su destino.

—A mí me parece perfecto —insistió Hasina, que se balanceaba sobre el brazo dorado de un antiguo trono egipcio—. Además, las medidas de Beb suelen ser muy precisas —para mayor énfasis, abrió de par en par sus oscuros ojos perfilados con kohl.

La mujer no andaba errada.

Dieciséis años atrás, Ram había encargado a Beb que construyera una casa con el "encanto de lo sobrio" para impresionar a los occidentales y el "encanto de un palacio real" para los estándares egipcios. Meses después, el número 32 de Radcliffe Way cumplía ambos requisitos con exactitud.

De tonos blanco y gris claro, la fachada de varias plantas tenía la pátina de nuevo rico de las grandes mansiones de las afueras. La puerta principal conducía a un estrecho vestíbulo forrado de madera. Las paredes eran de color beige, apenas iluminadas y, sobre todo, aburridas a más no poder. ¿Cómo si no podían los miembros de la familia impedir que los repartidores de pizza y las entrometidas *girl scout* que vendían galletas sospecharan de ellos? Pero al otro lado de aquel vestíbulo falso se encontraba una segunda puerta, la puerta auténtica, la que daba acceso a la casa de verdad, donde el estilo decorativo alcanzaba la altura de palaciego.

La residencia principal tenía una altura de tres plantas y estaba coronada por una elevada pirámide de cristal. Cuando no llovía, la luz natural se derramaba sobre el interior como la mantequilla derretida sobre un pan de pita caliente. Cuando caía la lluvia, el rítmico golpeteo arrullaba a los moradores de la vivienda como música sinfónica ambiental. Coloridos jeroglíficos decoraban las paredes de piedra caliza. Vasijas de alabastro tallado marcaban los lugares de sepultura de sus antepasados. Y un río construido por Beb con agua traída del Nilo serpenteaba a través de todas las estancias del palacio. En ocasiones especiales, Hasina adornaba la corriente con chispeantes velas de té. De lo contrario, el agua llevaba lotos de color azul egipcio. Aquella noche, transportaba ambos.

—Cinco minutos —anunció Beb.

—¡Cuélgala! —decidió Cleo con una repentina palmada. Chisisi, el más tímido de los siete gatos de la familia, trepó como una flecha por la imponente datilera que crecía en medio de la estancia—. Lo siento, Chi —susurró Cleo—. No pretendía asustarte.

Un leve repiqueteo hizo eco en el vestíbulo. Después de todo, no era Cleo quien había asustado a Chisisi, sino...

—¡Está en casa! —vociferó Hasina mientras contemplaba la nítida imagen de su jefe a través del monitor de seguridad situado junto a la puerta auténtica.

—¡Deprisa! —espetó Cleo con tono impaciente.

La mujer adhirió su esquina de la pancarta a la columna, con la urgencia de quien teme lo peor; acto seguido, volvió la vista a su marido, instándolo a hacer lo propio. Demasiado tarde.

—¡Señor! —las oscuras mejillas de Hasina se tornaron del color de las ciruelas maduras. A toda prisa, descendió del brazo dorado del trono y, con la mano, borró las huellas que sus sandalias de gladiador pudieran haber dejado. Sin otra palabra, ella y Beb salieron disparados en dirección a la cocina. Segundos más tarde, una apresurada voz explotó a través de los altavoces empotrados. Con el registro vocal en octavas múltiples de Mariah Carey y el sonido de los dibujos animados *Alvin y las ardillas*, Sharkiat convulsionó el palacio al ritmo de *Ya Helilah Ya Helilah*.

—¡Papá! —chilló Cleo, con tono firme y empalagoso a la vez, como una barra de chocolate derretida—. ¡Bienvenido a casa! ¿Qué tal el viaje? ¿Te gusta mi pancarta? La hice yo sola —orgullosa, se plantó entre las columnas en espera de la respuesta. Aunque madura para los quince años que tenía (gracias a la momificación), aún reclamaba la aprobación paterna. Y a veces resultaba más difícil que ponerse pestañas postizas bajo una tormenta de arena en el desierto.

No así aquella noche. Aquella noche, Ram empujó a un lado a Manu, su ayudante, y se encaminó derecho hacia su hija, con los brazos muy abiertos al estilo de "mira-cuánto-te-quiero".

—¡Señor! —exclamó Manu, cuya suave voz se quebraba de preocupación—. ¡Su abrigo!

—¡Princesa! —exclamó Ram y, tirando de Cleo hacia su empapada gabardina negra, la apretó con fuerza contra sí. El torrente de lluvia no había conseguido eliminar los olores rancios de un vuelo internacional o de un coche de lujo con chofer impregnado de humo de puro, ni tampoco el mareante olor almizclado de la piel de su padre. Pero a Cleo igual le daba. Habría seguido abrazándolo aunque apestara al cajón de arena de un gato que hubiera bebido agua del Nilo.

Sujetando por los hombros a su hija, Ram estableció una cierta distancia entre ambos y examinó a Cleo con intensidad. La profusa atención por parte de su padre le resultaba un tanto violenta.

"¿Es que mi vestido de vendas es demasiado ceñido? ¿O mi línea de ojos púrpura, demasiado gruesa? ¿Mi máscara de pestañas con purpurina, demasiado llamativa? ¿Las estrellas de henna en mis pómulos, demasiado pequeñas?"

Cleo soltó una risita nerviosa.

—¿Qué pasa?

—¿Estás bien? —Ram suspiró, despidiendo un empalagoso aroma a tabaco. Había algo desconocido tras sus ojos oscuros, almendrados. Algo suave. Indagador. Acaso, asustado. En la mayoría de las personas se tomaría por inquietud. Pero en el caso de su padre resultaba insólito. Como una emoción oculta que hubiera sido desenterrada en su excavación arqueológica.

Cleo levantó la vista hacia él y esbozó una sonrisa.

—Pues claro que estoy bien. ¿Por qué?

Una suave campanada llegó desde la zona del comedor. Los aperitivos estaban preparados. Chisisi se apresuró a bajar de la palmera. Bastet, Akins, Ebonee, Ufa, Usi y Miu-Miu salieron silenciosamente de debajo del diván y se encaminaron hacia el copioso banquete. Cleo esbozó una cálida sonrisa por lo previsible de la escena. Pero Ram no lo hizo. La preocupación otorgaba a su rostro la dureza de una mascarilla de barro del Mar Muerto.

—La noticia está por todas partes —se frotó las sienes; su cabello salpicado de canas se veía más blanco de lo habitual—. ¿En qué estaba pensando esa tal Frankie? ¿Cómo permitieron los Stein que esto ocurriera? Pusieron en peligro a toda nuestra comunidad.

—Entonces, ¿te enteraste? —preguntó Cleo. Aunque, en realidad, lo que quería saber era hasta qué punto se había enterado.

Ram se sacó del bolsillo interior un ejemplar enrollado del *Salem News* y lo golpeó sobre la palma de la mano, poniendo un brusco final a la tierna escena entre ambos.

—¿Es que a Viktor se le olvidó implantarle un cerebro a esa hija suya? Ni por el mismísimo Geb soy capaz de entender por qué...

El timbre para el aperitivo volvió a sonar.

De pronto, el impulso de defender a Frankie invadió a Cleo. ¿O acaso aquel impulso respondía a la necesidad de defenderse a sí misma?

—Pero si nadie sabe cómo se llama. Y en el instituto lleva puesto ese maquillaje de normis para que nadie la reconozca. A lo mejor sólo trataba de agarrar el toro por los cuernos —sugirió Cleo mientras, nerviosa, se balanceaba sobre sus sandalias de plataforma—. Ya sabes, para cambiar las cosas.

—¿Qué clase de cosas, eh? La fabricaron hace un mes. ¿Qué le da derecho a cambiar lo que quiera que sea? —preguntó Ram al tiempo que levantaba la mirada hacia la pancarta de BIENVENIDO A CASA. "¡Por fin!". Pero sus marcadas facciones no mostraron señal alguna de agradecimiento.

—¿Cómo es que sabes tanto sobre Frankie? —Cleo no podía evitar su asombro. "¡Por favor!". Tenía amigas cuyos padres no se aventuraban más allá de San Francisco y, aun así, se mantenían maravillosamente ignorantes de las fiestas en casa y las escapadas a altas horas de la noche que ocurrían durante su ausencia. En cambio, su padre se marcha a excavar artefactos a la otra punta del planeta y regresa más sintonizado que una cadena de radio cuando regala entradas. ¡Alucinante!

—¿Qué les ocurre a los de tu generación? —prosiguió Ram, haciendo caso omiso de la pregunta de Cleo—. No tienen aprecio por el pasado. Ni respeto por el patrimonio o la tradición. Lo único que les importa es...

—¿Señor? —interrumpió Manu, cuya cabeza calva relucía con gotas de lluvia. Agarraba el asa de un maletín de aluminio con tal intensidad que sus nudillos oscuros se habían vuelto grises—. ¿Dónde desea que coloque esto?

Mientras consideraba su respuesta, Ram se frotó el rastrojo de barba que le había brotado durante el viaje. Pasados unos instantes, volvió la vista a Cleo y después hizo un gesto en dirección a la imponente puerta de doble hoja situada en el extremo más alejado del vestíbulo. Agarrando con fuerza a su hija por el codo, la condujo a través de la espaciosa antesala con ensayada elegancia y ambos efectuaron su entrada en el salón del trono.

Una familia de halcones aleteó y se dirigió hacia la palmera. Las puntiagudas alas de las aves resonaron por el palacio como banderas ondeando bajo el viento.

Iluminadas por llameantes lámparas de aceite en alabastro, las paredes de cobre batido reflejaban un tenue resplandor ambarino. Un pasillo cubierto de suave junco trenzado, lustrado durante miles de años por los pies descalzos de antepasados familiares, conducía al estrado sobre el que se encontraban los tronos. Cleo tomó asiento en el almohadón de terciopelo púrpura y colocó las manos sobre los apoyabrazos de oro incrustados de joyas. Movida por el instinto, proyectó la barbilla hacia delante y cerró los párpados a media asta. Ahora, con la visión ligeramente oscurecida, todo le fue llegando poco a poco. De pronto, era una soberana que degustaba su reino a sorbos delicados, en vez de tragárselo de una sola vez: el escarabajo negro y esmeralda sobre la puerta... los juncos que jalonaban el serpenteante Nilo... los dos sarcófagos de ébano que flanqueaban la entrada.

Las vistas, los olores y los sonidos de su reino desterraron la tensión de los últimos días e hicieron que se sintiera a salvo, sobre todo ahora que el soberano había regresado. Empezó a respirar con menos dificultad y en la piel notó el hormigueo de quien se sabe con derechos. Ah, qué bien sentaba la realeza.

Una vez que se acomodaron, Manu colocó con mimo el maletín sobre la mesa de cobre situada entre ambos tronos y, acto seguido, retrocedió en espera de nuevas instrucciones.

"Ábrelo", le dio a entender Ram con un leve movimiento de muñeca.

Manu abrió el maletín con un *clic,* levantó la tapa forrada de terciopelo y dio un amplio paso hacia atrás.

—Observa —dijo Ram—. Lo encontré en la tumba de la tía Nefertiti.

Con un aire de serena confianza, hizo girar el anillo de esmeralda que llevaba en el pulgar. Cleo se inclinó sobre el apoyabrazos y ahogó un grito. De inmediato comenzó a levantar un inventario mental del tesoro que centelleaba ante sus ojos.

1. Collar de lapislázuli con forma de halcón, con alas extendidas destinadas a descansar sobre las clavículas de las mujeres más admiradas de Egipto.
2. Brazaletes de metal batido, unidos por un ojo de Horus de rubíes y esmeraldas.
3. Corona de oro macizo con forma de buitre, tan cargada de joyas relucientes que Cleo veía sus ojos abiertos, repletos de deseo, reflejados en las gemas de colores.

4. Anillo de oro en forma de espiral, con una piedra de luna gris del tamaño de una bola de chicle que casi relucía en la oscuridad.
5. Pendientes de jade en forma de pera y rodeados de alambre de oro que reducían a baratijas las esmeraldas de Angelina Jolie en los Óscar de 2009.
6. Collar de oro y perlas con plumas de avestruz colgadas de la parte inferior.
7. Brazalete de serpiente con ojo de rubí diseñado para envolver el brazo de la muñeca hasta el bíceps.
8. Gruesa tarjeta de visita blanca metida de cualquier modo entre los contenidos del maletín.

—¡Un momento! —Cleo se inclinó hacia delante y sacó la tarjeta de un tirón—. ¿Qué es esto? —preguntó, aunque lo sabía de sobra. ¿Quién no? El ubicuo logotipo color plata, grabado en la parte superior de la tarjeta, era una palabra de cinco letras sinónimo de "inmensa oportunidad"—. ¡De lujo! —susurró, estupefacta. Temblando, leyó las palabras impresas en la tarjeta y las pulseras sujetas a su brazo se agitaron al ritmo de la bulliciosa música egipcia—. ¿De dónde sacaste esto? —preguntó.

Con la mirada aún hacia delante, Ram esbozó una sonrisa burlona.

—Espectacular, ¿verdad? Y ahora, ¿qué sientes acerca de tu pasado? ¿Tienes idea del incalculable valor de todo esto? No ya en dólares, sino en cuanto a la historia. Sólo el anillo…

—¡Papá! —Cleo se levantó de un salto. El trono ya no era lo suficientemente ancho como para contener su entusiasmo. Frotó el pulgar sobre las letras grabadas, una por una: V… O… G… U… E…—. ¿Cómo conseguiste la tarjeta de visita de *ella*?

Ram se giró con brusquedad para mirar a su hija cara a cara y su cruda decepción quedó al descubierto.

—¿Qué tiene de especial esa tal Anna Winter? —espetó mientras cerraba el maletín. Manu dio un paso al frente para retirarlo, pero Ram hizo un gesto con la mano para que se apartara.

—¡Win-*tour,* papá! —puntualizó Cleo con vehemencia—. Es la jefa editorial de *Vogue.* ¿En serio la conociste? ¿Hablaste con ella? ¿Llevaba las gafas puestas, o se las había quitado? ¿Qué dijo? Cuéntamelo todo.

Por fin, Ram se deshizo a tirones de su gabardina negra. Manu se apresuró a recogerla y luego, rápidamente, le ofreció un puro. Como si se deleitara con la agitada ilusión de su hija, Ram dio varias caladas comedidas antes de complacerla.

—Se sentó a mi lado en primera clase, en el vuelo de El Cairo a Nueva York —soltó una apestosa nube de humo a través de sus labios fruncidos—. Vio el artículo sobre mi excavación en primera plana del *Business Today Egypt* y se puso a hablar sin parar de su recién descubierto amor por la alta costura de El Cairo... o comoquiera que se diga —puso los ojos en blanco—. Quiere dedicarle un número completo.

Desde su posición a espaldas del trono, Manu negó con la cabeza. Parecía tan ofendido como Ram.

—¿De verdad dijo "alta costura de El Cairo"? —Cleo esbozó una sonrisa radiante. ¡Egipto de moda!

—Esa mujer dijo un montón de cosas —Ram dio dos palmadas. Beb y Hasina llegaron a toda prisa desde la cocina, balanceando fuentes de comida sobre las palmas de la mano. Bastet, Akins, Chisisi, Ebonee, Ufa, Usi y Miu-Miu corrían tras ellos ávidamente.

Cleo tomó asiento.

—¿Como cuáles? —insistió—. ¿Qué más dijo?

—Mencionó algo sobre una sesión fotográfica para la edición juvenil de su revista.

Hasina se inclinó y colocó frente a su amo una fuente de bronce. Ram tomó un triángulo de pan de pita y lo introdujo en un remolino de hummus.

—*¿Qué?* —preguntó Cleo con voz entrecortada al tiempo que rechazaba con la mano la bandeja de *sambouseks* de queso y cordero que Beb le ofrecía. El único tentempié que le interesaba se llamaba *Teen Vogue,* y estaba disponible en iTunes por 1.99 dólares.

—Tenía que ver con modelos montadas a camello en las dunas de arena de Oregón, llevando las joyas de mi hermana y las últimas novedades de la alta costura de El Cairo.

Cleo se rebulló en el trono. Primero cruzó la pierna derecha sobre la izquierda; luego, la izquierda sobre la derecha. Sacudió el tobillo, se sentó sobre las manos y tamborileó los dedos en el apoyabrazos de terciopelo. A pesar de que su padre detestaba a la gente inquieta, no podía dejar de moverse. Cada célula, cada nervio, músculo, ligamento y tendón de su cuerpo la empujaba a salir corriendo al exterior, escalar los muros del palacio a lo Spiderman y gritar a los cuatro vientos la sensacional noticia. Ojalá no hubiera peligro en abandonar la casa.

"¡Gracias de nuevo, Frankie Stein!"

—Todo este asunto es una explotación, si se me permite opinar —masculló Manu.

Ram asintió en señal de acuerdo.

Cleo lanzó al sirviente una mirada furiosa al estilo de "cierra-el-pico-ahora-mismo-o-voy-a-cubrir-tu-cabeza-calvade-hígado-de-ganso-y-a-llamar-a-los-gatos". Manu se aclaró la garganta y bajó sus redondos y acuosos ojos castaños.

—¡Me apunto! —exclamó Cleo con un aleteo de pestañas.

—¿Te apuntas a qué? —Ram apagó el puro en una fuente con forma de cruz egipcia que contenía crema de berenjenas. Hasina se lanzó en picada y la retiró a toda prisa—. No he dado mi conformidad.

—Lo cual no impidió que Anna Winter organizara la sesión fotográfica en el tiempo que el avión tardó en rodar desde la pista a la puerta de desembarque. Incluso eligió una fecha —informó Manu.

—*¿Qué fecha?*

Ram se encogió de hombros, como si le importara demasiado poco para acordarse.

—El catorce de octubre.

—Estoy completamente libre ese día —Cleo se puso en pie de un salto y batió las palmas a gran velocidad.

Su padre giró la vista hacia atrás y lanzó a Manu la misma advertencia de "gatos-en-tu-cabeza-calva".

—Esa Anna Winter actúa con más superioridad que una reina, por el amor de Geb. No quiero trabajar con...

—Tú no tienes que hacer nada. Yo trabajaré con ella —Cleo estaba tan emocionada que ni siquiera trató de corregir la mala pronunciación del apellido por parte de ambos hombres. Aquello tenía que suceder a toda costa. Era el destino.

Ram examinó el rostro de su hija en busca de orientación. A pesar de que el corazón se le desbocaba, Cleo permaneció inmóvil y mantuvo el control.

—¡Ya lo sé! —exclamó chasqueando los dedos, como si se le acabara de ocurrir una idea—. Seré una de las modelos —miró a su padre a los ojos—. Así podré supervisar el proceso de principio a fin —se ofreció, conociendo a la perfección cómo funcionaba la mente paterna. Ram podría escribir con jeroglíficos y hablar en lengua egipcia, pero pensaba como un millonario. Valoraba la iniciativa, la confianza y la microgestión más que ningún objeto antiguo que jamás hubiera desenterrado.

Mientras giraba el anillo de esmeralda que llevaba en el pulgar, sus ojos almendrados se veían distantes, pensativos.

—Por favor —suplicó Cleo, hincándose de rodillas. Hizo una reverencia hasta apoyar la frente en la alfombra. Despedía el empalagoso aroma a almizcle de su aceite capilar. "Porfavordiquesíporfavordiquesíporfavordiquesíporfavordiquesí...".

—No te he educado para ser modelo —repuso él.

Cleo levantó los ojos.

—Lo sé muy bien —ronroneó—. Me educaste para ser una diseñadora de joyas de talla mundial.

Con una inclinación de cabeza, Ram admitió el sueño de toda la vida de su hija; pero seguía sin encontrar sentido al asunto.

Cleo se incorporó.

—¿Qué mejor método para hacer contactos —"para impresionar a mis amigas y hacer que Deuce lamente el día que le pidió a Melody que lo acompañara al baile", añadió en silencio para sí— que trabajar con la directora de accesorios de *Teen Vogue*?

—¿Por qué necesitas hacer contactos? —preguntó Ram con tono dolido—. Puedo conseguirte el empleo que quieras.

Cleo sintió ganas de estampar sus sandalias de plataforma contra el suelo y soltar un grito. En vez de eso, agarró a su padre de la mano.

—Papito —consiguió decir con calma—. Desciendo de una reina. ¡No de una princesa!

—¿Y qué se supone que significa eso? —preguntó él mientras sus ojos se iban templando hasta adquirir una temperatura más risueña.

—Significa que quiero lo que quiero —Cleo sonrió abiertamente—. Pero lo puedo hacer yo sola.

—Disculpe, señorita Cleo —interrumpió Hasina—. ¿Desea que le prepare el baño?

—Con lavanda, por favor.

La criada asintió y se marchó a toda prisa.

Ram se rio por lo bajo.

—Ya se nota que quieres hacer las cosas por ti misma.

Cleo no pudo evitar una sonrisa.

—Le pedí que me preparara el baño, no que se bañe en mi lugar.

—Ah, entiendo —Ram le devolvió la sonrisa—. De modo que quieres que confirme la sesión fotográfica, que insista en que te acepten como modelo y luego me retire y te deje hacer el resto, ¿no?

—Exacto —Cleo besó la frente bien conservada de su padre.

Mientras se daba golpecitos en los labios fruncidos, Ram interpretó una última pantomima dando a entender que estaba considerando la petición de su hija. Cleo se obligó a sí misma a permanecer inmóvil.

—Puede que esto sea justo lo que tu generación necesita —musitó.

—¿Cómo? —no era precisamente la respuesta que esperaba escuchar.

—Apuesto a que si Viktor Stein hubiera animado a su hija a involucrarse más en actividades extraescolares, Frankie no se habría metido en tantos problemas.

—Tienes toda la razón, desde luego que sí —Cleo asintió con tal fuerza que el flequillo se le agitó—. ¿Quién tiene tiempo para problemas si está ocupado? Desde luego, no es mi caso.

Una expresión de alivio recorrió el rostro de su padre. Arrancó la tarjeta de visita de las yemas de los dedos de Cleo y se la entregó a Manu.

—Haz la llamada.

"¡Síííí!". Por muy severo que Ram se mostrara, Cleo lo había engatusado.

—¡Gracias, papá! —le cubrió la mejilla de besos pringosos con aroma a frutos del bosque. Se trataba del primer paso importante en su camino hacia el dominio del mundo de la moda. Y las posibilidades hacían que su bien conservado corazón se elevara a mayor altura que la pancarta de bienvenida a casa más alta que jamás se hubiera colgado.

"Con tus chispas a otra parte, Frankie Stein. Una nueva noticia de primera plana llega a la ciudad."

Para: **Clawdeen, Lala, Blue**

26 sept., 18:34

CLEO: SÁLTENSE EL TOQUE DE QUEDA Y VENGAN A MI CASA CUANTO ANTES. SORPRESA ESPECIAL. ^^^^^^^^^^^ (X CIERTO, ¿LES GUSTA MI NUEVA DESPEDIDA? SON PIRÁMIDES)

Para: **Clawdeen, Lala, Blue**

26 sept., 18:38

CLEO: DEBERÍAN TENER UNA DESPEDIDA ESPECIAL. CLAWDEEN: # # # # #, MARCAS DE GARRAS. LALA: ::::::::::::, MARCAS DE COLMILLOS. BLUE: @@@@@@@, ESCAMAS. EH, ¿¿¿RECIBIERON MI SMS??? ¡VENGAN!

Para: **Clawdeen, Lala, Blue**

26 sept., 18:46

CLEO: SI LES DA MIEDO, MANU LAS IRÁ A BUSCAR AL BARRANCO. CONFÍEN EN MÍ. MERECE LA PENA. ^^^^^^^^^^^

CAPÍTULO 2

DEPÍLATE, DEPÍLATE

Los relámpagos azotaban la noche como la toalla de un deportista musculoso azota el trasero de un zopenco. La lluvia arreciaba con más fuerza. Los árboles oscilaban y chasqueaban. Una manada de lobos aullaba en la distancia. La recepción en el televisor de pantalla plana parpadeaba y se normalizaba... parpadeaba y se normalizaba... parpadeaba y...

¡Ping!

Melody Carver se apartó de Candace, su hermana mayor, junto a quien estaba acurrucada, y se hizo un ovillo en el rincón del sofá color berenjena. Pulsó "Reproducir" en su teléfono y se preparó para otra iAmenaza.

—Tictac... tictac... tictac...

Igual que los demás. Grabado por su ex amiga Bekka Madden y enviado al iPhone de Melody cada sesenta minutos, se trataba de un insistente recordatorio de que el plazo de cuarenta y ocho horas había descendido a unas veintitrés.

El objetivo de Bekka era sencillo: capturar a la monstruo verde que se había metido con —y había traumatizado a— Brett, su novio, en el baile del instituto. O, mejor dicho, quería que Melody atrapara a la monstruo en su lugar. Y Melody tenía hasta las diez de la noche del domingo para conseguirlo. Si fallaba, Bekka filtraría un video de Jackson Jekyll transformándose en D. J. Hyde. Entonces, a él también lo buscarían. Melody deseaba proteger a Jackson a toda costa. Pero es que había conocido a aquella "monstruo". De hecho, ésta, involuntariamente, le había dado un calambre a Melody en la fila del almuerzo, el primer día de instituto. Y, salvo por el asunto de "tornillos-en-el-cuello-piel-verde-costuras-y-electricidad", Frankie Stein era absolutamente normal. Si se deshiciera del espeso maquillaje y de la ropa en plan monja, sería en realidad bastante guapa.

Otro rayo más iluminó el barranco a la espalda de la casa de los Carver. Se escuchaba el retumbar de los truenos.

—¡Ahhhh! —gritaron Candace y Melody al unísono.

El televisor parpadeaba y se normalizaba... parpadeaba y se normalizaba.

—¡Puf! ¡Ni que viviéramos diez mil años atrás! —Candace propinó un manotazo a un cojín aterciopelado—. Me siento como una mujer de las cavernas.

Réplicas de frustración ondularon hacia la esquina del sofá donde Melody se encontraba.

—No creo que hace diez mil años tuvieran televisiones de alta definición.

—¡A ver si te enteras! —Candace empujó a su hermana en el muslo con un pie impecablemente arreglado—. No me refiero a la televisión.

—Bueno, ¿a qué te refieres? —preguntó Melody, clavando la vista en su hermana mayor por primera vez en toda la noche.

Candace, que vestía un kimono de tono rosa apagado, estaba rodeada por bandas de tela, palitos planos de madera, pequeños montones de talco para bebés y un cuenco con lo que parecía miel coagulada.

—Me refiero a este absurdo kit para depilación con cera. Es primitivo a más no poder.

—¿Desde cuándo te depilas tú misma las piernas con cera? —preguntó Melody, extrañada, al tiempo que consultaba su teléfono por si hubieran llegado nuevos mensajes o *tweets* durante aquel breve diálogo.

—Desde que por culpa del alboroto de anoche con el monstruo, el único salón de belleza decente de la ciudad decidiera cerrar en sábado, por miedo —Candace extendió un grueso pegote de cera sobre su espinilla y lo cubrió con una tira blanca y rectangular—. Si no vuelve a abrir pronto, Salem estará realmente lleno de bestias horripilantes —frotó la tira con energía—. A ver, ¿te has fijado en las chicas del instituto? Le dije a una que sus pantalones de lana de angora me parecían superenrollados y ¿sabes qué me contestó?

La luz de los faros de una patrulla que circulaba frente a la casa recorrió las paredes de troncos del cuarto de estar de los Carver, dando a entender que la policía iba a la caza de Frankie con la tenacidad de un tiburón. Melody se puso a toquetear sus estropeadas cutículas. ¿Hasta cuándo conseguiría mantener la calma? ¿Una hora? ¿Toda la noche? ¿Hasta la siguiente amenaza en audio por parte de Bekka? El reloj iba avanzando. El tiempo se agotaba.

—Mel —Candace volvió a darle un empujón con el dedo gordo—. ¿Sabes qué dijo, eh?

Melody se encogió de hombros, incapaz de quitarse de la mente a Jackson o el peligro que correría si a ella no se le ocurría una manera de impedir que Bekka filtrara aquel video, una manera que no fuera la de entregar a Frankie. Una idea astuta, inteligente y...

—Pues dijo: "¡No llevo pantalones de lana de angora!" —Candace se dispuso a arrancar la banda de cera de su pierna—. ¿Sabes por qué lo dijo? ¡Porque llevaba minifalda, Melly! ¡Minifalda! ¡La pobre chica era así de peluda! —cerró los ojos con todas sus fuerzas y dio un tirón—. ¡Ayyyyy! ¡Pelo fuera!

¡Ping!

—Y ahora, ¿qué? —preguntó Candace mientras espolvoreaba polvos de talco sobre su piel en carne viva.

Melody consultó su teléfono. Era Jackson.

Jackson: ¿Viste el retrato robot d Frankie n ls noticias?
Melody: No. La tormenta estropea la TV.
Jackson: Parece Yoda con traje d novia.

Melody soltó una risita.

—¿Qué pasa? ¿Qué te hace tanta gracia? —preguntó Candace y, con el encanto de una modelo de cabello, lanzó por detrás del hombro su larga melena rubia y ondulada.

—Nada —masculló Melody, esquivando los indagadores ojos verdes de su hermana. ¿Acaso evitaba darle explicaciones para protegerla? ¿O lo hacía para probarse a sí misma? Para ver si era capaz de sobrevivir a aquella complicada situación (e incluso salir triunfante) sin la ayuda de la intrépida y perfecta Candace. No estaba segura.

Melody: ¿Alguna idea?

Jackson: No, pero tenemos q pensar n algo. Si Bekka enseña el video, mi madre m manda a Londres a vivir con mi tía.

La noticia rasgó las tripas de Melody con la fuerza salvaje de una banda de cera. Aunque sólo se conocían desde hacía un mes, no concebía a Salem sin su presencia. De hecho, no concebía nada sin él. En el idioma del amor, Melody era la letra "Q" y Jackson su "U". Él la completaba.

Melody: ¡Hablemos con Bekka! Si suplicamos…

Jackson: Está ocupada haciendo entrevistas. No para d salir n TV e Internet. No va a descansar hasta q pesque a Frankie. Brett n shock. Aún n hospital. Vigilia impresionante. ¡Una locura! Videos en YouTube de falsos avistamientos d monstruos.

Una segunda banda de cera rasgó las tripas de Melody. Semejantes puestas al día sólo conseguían aumentar su estrés. Necesitaba abandonar el sofá y pasar a la acción. Encontrar la manera de borrar el video de Jackson del teléfono de Bekka y…

La puerta principal se abrió de repente. Una ráfaga de viento frío invadió la casa de troncos. Fue seguida por un trueno.

—¡Ahhhh! —gritaron las chicas de nuevo. Candace, presa del pánico, se puso a pedalear en el aire. La parte posterior de sus muslos estaba cubierta de arrugados parches de tejido blanco.

—¿Preparadas para la noche de juegos? —preguntó la madre de ambas elevando la voz mientras sacudía su paraguas marrón y dorado de marca antes de entrar en la casa—. Tenemos UNO, Absolutas Idioteces y Manzanas con Manzanas —anunció al tiempo que depositaba en el fregadero de la cocina dos empapadas bolsas de supermercado y cuatro de tiendas de ropa. Lo único que la ex asesora de imagen detestaba más que los calcetines azules con pantalones negros eran las manchas de agua en los suelos de madera.

"¿Noche de juegos?", preguntó Candace moviendo los labios sin hablar.

Melody se encogió de hombros. También era la primera vez que lo oía.

—¿Qué tal unas pizzas individuales bajas en grasas, de masa fina? —preguntó Beau, el padre permanentemente bronceado y en perfecta forma física de las chicas. Siguió a Glory con una bolsa de comida para llevar y una sonrisa al estilo de "diversión-para-toda-la-familia".

—¿Papá va a comer queso? ¿Es que celebramos algo? —preguntó Candace elevando la voz desde el sofá.

Glory apareció y entregó a cada una de sus hijas una caja marrón de zapatos en la que se leía UGG.

—Sólo tratamos de sacar el máximo partido a este asunto del toque de queda. Queremos liberarnos por si fuera nuestra última noche entre los vivos —hizo un guiño travieso a Melody, dejando a las claras que, en su opinión, todo ese lío de la caza de monstruos no era más que una estrategia provinciana para aumentar la venta de conservas, agua embotellada, linternas o pilas eléctricas, y así reanimar una economía lenta. Pero, llevados por sus deseos de adaptarse al estilo de vida de la ciudad, sus padres habían decidido seguir la corriente.

Candace levantó la tapa de la caja de zapatos y, cuidadosamente, echó una ojeada al interior.

—¡Eh! Siempre decías que las botas Ugg eran las chanclas del montañero. Y que las mujeres solteras jamás deben ponérselas.

—Eso era cuando vivíamos en Beverly Hills —explicó Glory mientras se desataba el pañuelo de seda dorada que le cubría la cabeza y sacudía su melena castaña—. Ahora estamos en Oregón. Las reglas han cambiado. Aquí hace frío.

—En esta casa, no —apuntó Melody, en referencia al termostato averiado. En el exterior, el viento aullaba; así y todo, vestida con un bóxer de jovencito y camiseta de tirantes, estaba sudando.

—¿Todo el mundo ya se calzó sus botas? —preguntó Beau, acercándose a sus hijas a pisotones con su nuevo par, de color gris. A pesar de que abusaba del bótox, la alegría de su rostro no podía ocultarse.

—¿Por qué están tan… no sé, felices? —preguntó Candace y, acto seguido, *¡raaas!*, se arrancó otra tira de la pierna—. ¡Ay! —exclamó con voz entrecortada. Luego, se frotó enérgicamente la erupción escarlata.

—Nos emociona la idea de pasar el fin de semana en familia —Beau se inclinó sobre el respaldo del sofá y acarició la rubia coronilla de su hija—. Es la primera noche de sábado desde hace años que Candi no tiene una cita.

—Mmm, corrección —Candace se ajustó el cinturón de su kimono y se levantó. Una envoltura plateada de chicle se le había pegado a la cera de la rodilla—: Sí tenía una cita. Lo que pasa es que hubo que cancelarla por culpa del estúpido toque de queda. Y ahora me tengo que quedar encerrada con juegos de mesa, pizzas individuales y botas Ugg —arrancó de un tirón el envoltorio de chicle, lo arrugó hasta formar una bola plateada y lo arrojó a la chimenea de piedra—. Olvídense de lo de "me piro, vampiro". Ahora me toca quedarme en casa. Háganme caso, esto no tiene nada de emocionante.

—No sabes cómo lo siento —replicó Glory con un mohín mientras guardaba las botas en la caja a toda prisa—. No pensaba que estar con tu padre y conmigo fuera tan horrible.

—¡No me refería a eso! —Candace puso los ojos en blanco.

¡Ping!

Melody consultó su teléfono, agradecida por una excusa para desconectarse de la riña familiar de la noche en familia.

Jackson: ¿Sigues ahí? ¿Q pasó? Hay q pensar n 1 plan. El tiempo se agota.

Justo cuando Melody levantaba el dedo índice para tocar la pantalla, le quitaron el teléfono de la mano.

—Pero ¿qué haces? —le chilló a Candace.

—Tratando de tener un poco de diversión familiar —se burló su hermana, agitando el teléfono en plan de broma—. Llevas toda la noche en modo maniaca de los mensajes de texto, y quiero enterarme de lo que está pasando.

—¡Melody! —exclamó Beau con voz severa—. ¿Has estado ligoteando por el celular? ¡Qué fuerte!

—¿Cómo? —replicó Melody—. ¡Nada de eso!

En otras circunstancias, Melody se habría reído por el intento de su padre de utilizar expresiones de adolescente, pero que te quitaran el iPhone no tenía ninguna gracia.

—Candace, ¡devuélvemelo!

—No hasta que me digas qué está pasando —insistió Candace, levantando el aparato por encima de la cabeza—. ¿Con quién hablas? ¿Con míster Hollywood?

—¿Con quién? —Melody se abalanzó sobre el teléfono, pero Candace lo apartó rápidamente.

—Ese chico tan misterioso, el que siempre se pone sombrero y gafas de sol. ¿No te llevó anoche al baile?

—En realidad, no. Bekka nos obligó a ir juntos, más o menos. Ni siquiera pasamos el rato uno con el otro o... —Melody se interrumpió—. Pero ¿por qué te doy explicaciones?

—¡Lo sabía! ¡Es Jackson!

—¡Candace! —Melody se abalanzó de nuevo—. ¡Devuélveme el teléfono! ¡Papá, quítaselo!

—Ni hablar —respondió Beau con tono abatido—. Es cosa de ustedes dos —se levantó y, calzado con sus cómodas botas, regresó a la cocina mientras, entre gruñidos, hacía comentarios sarcásticos sobre las delicias de ser padre de hijas adolescentes.

—¡Candace! —Melody golpeó a su hermana en el pecho con un almohadón; pero Candace lo apartó a un lado con la astucia de quien está acostumbrado a repeler las invasiones exteriores—. ¡Dámelo de una vez! —insistió. Se lanzó hacia el otro extremo del sofá con los dedos preparados para un buen tirón de pelo. En el momento mismo que iba a establecer contacto con el cuero cabelludo de Candace, una nube de polvo blanco le enturbió la visión.

Al instante, Melody empezó a toser.

—¡Atrás! —advirtió Candace, blandiendo el bote de polvos de talco a modo de espada—. Si no, lo vuelvo a hacer.

—¡Mi asma! —consiguió decir Melody, agitando la mano para apartar la niebla con aroma a bebé.

—¡Ay, mierda, se me olvidaba! —repuso Candace al tiempo que soltaba su arma—. ¿Te encuentras bien? ¿Necesitas el inhalador?

Melody se agarró la garganta y asintió con un gesto de cabeza. En cuanto Candace se giró, se lanzó hacia delante y arrancó una banda de cera de la parte interior del muslo de su hermana.

—¡Ayyyy! —chilló Candace. Se levantó de un salto y, con un centavo de dólar pegado a la pantorrilla, salió disparada hacia la puerta corrediza de cristal que conducía al barranco en la parte posterior de la vivienda—. ¡Fuera teléfono!

—¡No eres capaz! —Melody entrecerró los ojos.

Candace abrió el cerrojo y, con gesto teatral, deslizó la puerta hacia un lado.

—Dime lo que está pasando o te juro que este teléfono acabará colgado del nido de algún pájaro en plan televisión de pantalla plana.

Melody no se atrevía a decirle que era una mentirosa. La última vez que había probado semejante método, Candace había lanzado la mochila de Barbie de su hermana pequeña sobre el asiento trasero de un descapotable que pasaba por allí. En vez de eso, como siempre, se dio por vencida. Entre susurros, le contó a Candace todo lo relacionado con Bekka, Brett, Frankie, Jackson, el video y el reloj que avanzaba sin parar.

—Guau —repuso Candace una vez que Melody concluyó su explicación. Le devolvió el teléfono por voluntad propia, ladeó levemente la cabeza y clavó la vista en su hermana. Su expresión era una mezcla de intriga y desconcierto, como si estuviera examinando a una desconocida a la que juraría haber visto con anterioridad.

Melody se mordió la uña del pulgar, aterrorizada por la reacción de su hermana. "¿Se va a reír de mi dilema? ¿Me llamará ingenua por no entregar a Frankie? ¿Me culpará por haberme hecho amiga de Bekka, en primer lugar? ¿Obligará a Jackson a desaparecer de mi vida? ¿Le contará a nuestros padres que, después de todo, este asunto de los monstruos no forma parte, para nada, del paquete de estímulo financiero de las autoridades de Salem?".

Un trueno rompió el silencio que pendía entre ambas.

—Deja de mirarme así —la apremió Melody—. Di algo.

—Por poco me lo trago —replicó Candace con una amplia sonrisa—. Pero, vamos, eso de "la-hija-de-Frankenstein-escondida-en-el-laboratorio-de-su-padre"... Eso sí que no —tras empujar a Melody hacia un lado, se dirigió al sofá con pasos silenciosos—. Mira, si no quieres admitir que Jackson y tú están tonteando por el celular, perfecto. Pero al menos invéntate algo más elaborado. Eres la última persona que me imaginaba subida en el tren de los monstruos camino a Fashion City. Es indigno de ti.

Melody estaba a punto de defenderse, si bien se decidió en contra. ¿Por qué no dejar que Candace tomara el escándalo de Frankie por una invención? Sería mejor para todos.

—Tienes razón —Melody soltó un suspiro y se sentó sobre la mesa baja de espejos—. Te mentí. Qué vergüenza...

—¡Ajá! —Candace se levantó de un salto—. ¡Me dijiste la verdad! ¡Lo sé!

—¿Cómo dices? No, nada de eso.

—¡Mentira! —Candace atravesó el espeso ambiente con un dedo implacable—. Jamás admites que tengo razón cuando de verdad tengo razón.

Melody soltó una risita de culpabilidad al tiempo que se maravillaba por la manera en la que Candace desafiaba el estereotipo de rubia tonta. Aquella cabeza no estaba llena de aire. Los engranajes del cerebro de su hermana lo soplaban todo él al exterior a través de sus orejas.

—O sea, sí existe una hija de Frankenstein —susurró Candace.

Melody asintió en silencio.

—¿Y en serio vive en un laboratorio?

Melody asintió de nuevo.

—¿Y se recarga con electricidad?

—¡Sí!

—*Très cliché* —Candace echó una ojeada a la puerta corredera de cristal que daba al barranco—. ¿Hay otros?

—No estoy segura —repuso Melody—. Pero no tienes por qué asustarte —acto seguido, se sintió obligada a explicarse—. Son normales... bueno, casi.

—¿Asustarme? —Candace sonrió con lentitud y su rostro se iluminó como un lago bajo los rayos de sol—. No tengo miedo, qué va. Me encanta.

—¿Ah, sí? —Melody se llevó las rodillas al pecho. La fresca superficie de la mesa de espejos le refrescaba los pies pegajosos.

—Estoy orgullosa de ti —Candace sonrió—. Por fin formas parte de algo peligroso.

—¿En serio?

—Sí, y no entiendo la razón, la verdad —admitió al tiempo que golpeaba los almohadones del sofá para eliminar los polvos de talco—. Lo de implicarse no es tu rollo.

Melody se ofendió ante el comentario, aunque proviniera de una chica que consideraba que descargar *Esperanza para Haití, ¡ahora!* la convertía en parte activa de la ayuda humanitaria.

—Es que sé lo que se siente cuando te juzgan por el aspecto físico —explicó por lo que parecía la enésima vez.

—¿Y? —Candace se puso en pie mientras palpaba la parte posterior de sus piernas en busca de restos de bandas de cera. Su tono, más que de condescendencia, era de curiosidad.

Melody sabía que a una persona genéticamente perfecta como Candace le costaba comprender lo que se sentía cuando te desafiaban estéticamente. Porque por muchas veces que le hubiera contado a su hermana cómo era su vida antes de la operación de nariz, o las burlas que recibía de sus compañeros de clase, Candace nunca lo acabó de asimilar. Era como explicarle a un bosquimano de Tanzania en qué consiste un megacentro comercial.

—Y quiero que la gente deje de juzgar —prosiguió Melody—. De hecho, quiero que la gente deje de sentirse juzgada. Ah, y quiero impedir que los matones intimiden a la gente... o a los monstruos... o a quien sea... —se detuvo, consciente de que su discurso resultaba un tanto disperso—. Quiero ayudar y punto, ¿sí?

Candace empezó a dar vueltas como el perro que se muerde la cola.

—Pues empieza arrancando el resto de la cera —dijo—. No puedo alcanzar las tiras pegadas a la parte de atrás.

—Olvídalo —masculló Melody—. Después de todo lo que te conté, ¿es eso lo único en lo que piensas? ¿En tus piernas, eh?

¡Ping!

Melody consultó su teléfono. Otro mensaje sonoro de Bekka. Esta vez, lo escuchó en altavoz.

—Tictac... tictac... tictac...

El pecoso rostro de Bekka apareció de pronto en la mente de Melody. Se trataba de una cara en la que solía confiar. Una cara con la que almorzaba. La cara de una amiga. Pero ahora, aquella cara le resultaba presuntuosa. Y seguramente se reía a carcajadas cada vez que enviaba un estúpido mensaje en plan "tictac... tictac... tictac...". Melody trató de imaginarse a su ex amiga fisgoneando en su teléfono. Encontrando el video de Jackson por casualidad. Tramando el plan de chantaje. Vilipendiando a Frankie. Liderando una caza de monstruos. Utilizando su ego herido como excusa para destruir vidas...

¡Uggh!

El corazón de Melody bombeaba más rápido y con más fuerza con cada nuevo pensamiento. Deseaba levantarse y pasar a la acción. Arrancarle a Bekka la cabeza de la misma forma que Brett, sin querer, había arrancado la cabeza a Frankie. Melody deseaba bajarse de un salto de la mesa de centro, agarrar una de las bandas de cera de la parte posterior de las preciosas piernas de Candace y, de una sacudida, librarse de su frustración.

Y eso es lo que hizo.

—¡Ayyyy! —vociferó Candace.

Melody atravesó el cuarto de estar a paso veloz, con renovada determinación.

—La próxima vez que escuche un grito así, será por parte de Bekka.

—Espera —dijo Candace, apresurándose a seguir a su hermana—. ¿Crees que habrá entre los monstruos alguno guapo?

—Tranquila, bella. ¿Quién está subida ahora en el tren que lleva a Fashion City?

—¡Basta! —espetó Candace—. Quiero ayudar.

Esta vez, Melody se giró para mirarla.

—¿Hablas en serio?

—Sí —Candace asintió con genuina sinceridad—. Necesito una buena causa para mi solicitud a la universidad.

—¡Candace!

—¿Qué pasa? Cuanta más ayuda tengas de gente normal, mejor, ¿o no?

Melody reflexionó unos instantes sobre el comentario. Una vez más, su hermana estaba en lo cierto. ¿Quién mejor para luchar por los derechos de los estéticamente desafortunados que los genéticamente perfectos? Nadie mejor para decir "todos somos iguales en el interior" que los ED y los GP conviviendo en armonía. Ni en las películas.

—Muy bien. Vístete —ordenó Melody—. Ropa informal.

—¿Informal en plan avión o informal en plan yoga?

—Superinformal.

—¿Por qué? ¿Adónde vamos? —preguntó Candace mientras se ahuecaba el pelo.

—Aún no lo sé —repuso Melody al tiempo que subía los desiguales peldaños de madera camino a su dormitorio—. Pero, sea donde sea, necesito alguien que conduzca, eso de seguro.

Para: **Clawdeen, Lala, Blue**
26 sept., 19:01
CLEO: MÁS JOYAS Q N LS ÓSCAR. VENGAN A JUGAR. ^^^^^^^^^^^

Para: **Clawdeen, Lala, Blue**
26 sept., 19:06
CLEO: LA PRIMERA N LLEGAR SE PONE LA CORONA DL BUITRE DE ORO. ^^^^^^^^^^^

Para: **Clawdeen, Lala, Blue**
26 sept., 19:09
CLEO: LO LAMENTARÁN LA Q SE ECHE ATRÁS SE QUEDA CON LA BISUTERÍA. ^^^^^^^^^^^

Para: **Clawdeen, Lala, Blue**
26 sept., 19:12
CLEO: MMM, ¿LES COMIÓ EL PULGAR EL GATO? ¿POR QUÉ NO CONTESTAN? ^^^^^^^^^^^

CAPÍTULO 3

RECIÉN CARGADA Y SIN HACER NADA

Frankie Stein se giró para mirar las ratas de laboratorio enjauladas que tenía junto a la cama.

—No es que tenga mucha experiencia con estas cosas —comentó—. Pero ¿no es lo normal llamar a una amiga a quien se le ha desprendido la cabeza, para ver cómo sigue?

La rata B —o Fergie, como Frankie la llamaba— levantó su hocico rosado y olisqueó. Feyoncé, Flipante, Fosforito y Fantasmagoria continuaron besuqueándose.

—Bueno, pues si no es lo normal, debería serlo —añadió Frankie mientras se daba la vuelta y se quedaba boca arriba. Una lámpara de operaciones de un solo foco se cernía sobre su cabeza. A modo de cíclope vigilante, la había estado mirando las últimas veinticuatro horas.

"Pero claro, ¿quién no?"

Llevaba todo el día lloviendo. Un repentino destello iluminó la calle al otro lado de la ventana esmerilada. No era el primer rayo que golpeaba la cama metálica de Frankie. Aunque sí el más fuerte. La corriente tan pura, tan poderosa, hizo que la recarga eléctrica de la máquina casera fabricada por su padre pareciera, en comparación, un toro con la pata rota. Las piernas de Frankie salieron disparadas hacia arriba y se desplomaron con un golpe seco. Exactamente lo mismo que su vida social.

—Recién cargada y sin nada que hacer —lamentó Frankie con un suspiro mientras que, con las yemas de los dedos, abría las dentadas abrazaderas que sujetaban sus tornillos como diminutas mandíbulas de caimán. Su energía había sido restaurada al completo. Le habían vuelto a coser el cuello y a tensar las costuras. Tras perder la cabeza durante un besuqueo de los que hacen temblar las rodillas con Brett Redding, un normi, Frankie había conseguido una segunda oportunidad para vivir. Por desgracia, no era la vida que ella deseaba.

Mientras respiraba el aire empapado de formol del laboratorio de su padre, añoraba los electrizantes toques femeninos que Viktor había retirado después del "incidente": las velas con aroma a vainilla, el esqueleto con la cara de Justin Bieber, los vasos de precipitado llenos de brillo de labios y brochas de maquillaje, las alfombras de color rosa, el diván rojo, la purpurina espolvoreada sobre Feyoncé, Fergie, Flipante, Fosforito y Fantasmagoria. Todo había desaparecido. Cualquier vestigio de la Frankie que era feliz había sido retirado. Ahora ocupaban su lugar instrumentos quirúrgicos estériles, cables ondulados y ratas de laboratorio normales y corrientes: desalmados recordatorios de cómo Frankie había llegado a este mundo. Y de lo fácil que sería desconectarla y acabar con ella.

Y no es que sus padres quisieran acabar con ella, para nada. Saltaba a la vista que amaban a Frankie. ¿Por qué si no Viktor se había pasado la noche en vela, recomponiendo a su hija? Quienes querían tirar del enchufe eran los demás habitantes de Salem. Al fin y al cabo, Frankie tenía la culpa de la primera caza de RAD desde la década de 1930. Había asustado a Brett hasta tal punto que lo habían trasladado al pabellón de psiquiatría. Y todos los agentes de policía de la ciudad la estaban buscando.

Así y todo, ¿era necesario que sus padres le confiscaran el teléfono? ¿La encerraran en el laboratorio? ¿La sacaran de Merston High para que estudiara en casa? Es verdad, se escapó y acudió al baile a pesar de estar castigada —injustamente—. Y sí, su piel verde había quedado —completamente— al descubierto. Y sí, sí, sí, su cabeza se había desprendido; accidentalmente. Pero ¡vamos! Sólo era una forma de oponerse a la discriminación. ¿Es que no lo captaban?

Un trueno retumbó en lo alto. Feyoncé, Fergie, Flipante, Fosforito y Fantasmagoria se auparon sobre sus patas traseras y, con frenesí, empezaron a arañar las paredes de cristal de la jaula.

Frankie introdujo la mano. Los diminutos corazones de las ratas latían en modo de "combate o huida". Pero estaban prisioneras, sin posibilidad de combatir o huir. Obligadas a quedarse inmóviles, sin importar quién pudiera amenazarlas. Igual que Frankie.

—Esto las animará —comentó, al tiempo que sacaba el pequeño paquete de purpurina de colores que había escondido bajo el aserrín de la jaula—. Que mi padre esté furioso conmigo no es razón para que tengan que sufrir —abrió el diminuto precinto y espolvoreó a las ratas como quien pone sal a las papas fritas—. *It's raining glam* —canturreó, tratando de mostrar un tono optimista. Muy al contrario, su tono era taciturno a más no poder.

Segundos después, los animales dejaron de agitar las garras y regresaron a su estado de relajación habitual, que recordaba al del coma. Sólo que ahora parecían bolas de helado de vainilla espolvoreado de virutas multicolores.

—Electrizante —Frankie esbozó una sonrisa de aprobación—. Las fashionratas regresaron —no suponía más que un pequeño paso hacia la restitución del laboratorio a su estado glamoroso habitual; pero al menos era un comienzo.

Sin llamada o aviso previos, Viktor y Viveka entraron en la estancia.

Frankie se apartó de la jaula y regresó a la cama, el único lugar en el que aún se sentía en casa.

—Estás levantada —observó su padre, quien no daba muestras de satisfacción ni de desencanto. Su indiferencia le dolió más que un centenar de pinchazos con una aguja desafilada.

—Buenas noches, Frankie —dijo su madre con voz cansada. Cruzó los brazos sobre su túnica de seda negra, cerró los ojos color violeta y apoyó la cabeza contra el marco de la puerta.

El pigmento verde de su piel se notaba marchito. Lo que antes tuviera el aspecto vibrante del helado de menta recordaba ahora al vinagre del escabeche.

Frankie corrió hacia ambos.

—¡Lo siento! —deseaba abrazarlos. Necesitaba que ellos la abrazaran. Pero se quedaron quietos—. Por favor, perdónenme, les prometo que...

—No más promesas —Viktor levantó la palma de su mano gigantesca. Tenía los párpados a media asta. Las comisuras de su amplia boca colgaban hacia abajo como un gusanito de goma rancio—. Hablaremos por la mañana.

—Tenemos que recargarnos —explicó Viveka—. Nos pasamos la noche levantados, reparándote, y hoy fue un día... —su voz se quebró unos segundos—. Agotador.

Frankie, avergonzada, bajó la vista hacia su aburrido camisón de hospital adornado con una carita feliz. Sus padres, adultos, rara vez necesitaban recargarse, aunque era evidente que ahora necesitaban una recarga, y todo por culpa de su hija.

Levantando la cabeza, se obligó a mirarlos cara a cara. Pero la puerta estaba cerrada y habían desaparecido.

"Y ahora, ¿qué?"

Al otro lado de la pared, la máquina de electricidad de Viktor y Viveka empezó a zumbar. Mientras tanto Frankie, más cargada de energía que Salem Electric, arrastraba los pies sin rumbo fijo por el reluciente suelo blanco, anhelando una vida más allá del laboratorio de su padre. Se moría por que sus amigas la pusieran al día. Pero ¿dónde estaban? ¿También las habían castigado? ¿Seguían siendo sus amigas?

¿Y qué sería de Melody y de Jackson D. J. Hyde? Supuestamente, iban a trazar un plan para salvar a Frankie de Bekka. Pero tampoco tenía noticias de ellos... a menos que fuera una forma de pagarle con la misma moneda por haberlos puesto en peligro. Tal vez a D. J. ni siquiera le gustaba Frankie. Quizá Melody y Bekka estaban juntas en aquel instante; se reían y levantaban su vasos de refresco de normis y brindaban por el éxito de ambas...

"Por Frankie, más engrasada que un pan tostado con aceite."

Lentamente, Frankie se metió en la cama y se envolvió el cuerpo con las mantas electromagnéticas forradas de borrego.

—Mira, cíclope. Soy un rollito de aguacate.

La lámpara, inexpresiva, le devolvió la mirada.

La soledad recorría a Frankie por dentro como la primera brisa fresca del otoño: una fría muestra de la oscuridad que estaba por llegar.

Retumbó un trueno. Estalló un rayo. Comenzó de nuevo el *toc-toc-toc-toc* de las fashionratas.

—Tranquilas —masculló Frankie desde su cucurucho de piel de borrego—. Sólo es...

Otro rayo.

Las farolas de la calle se apagaron de repente. La máquina al otro lado de la pared dejó de zumbar. El laboratorio se sumió en la oscuridad.

—¡Que me parta un rayo si esto es normal! —Frankie retiró las mantas de un puntapié y se incorporó—. ¿Es que no me castigaron ya lo suficiente?

Chispas de energía nerviosa le salían despedidas de las yemas de los dedos, iluminando la estancia.

—¡Electrizante! —susurró con renovado aprecio por su costumbre de soltar chispas, embarazosa en otras circunstancias.

Guiada por estallidos de luz amarilla, Frankie empezó a dirigirse hacia la puerta. Si pudiera llegar al dormitorio de sus padres antes de que se agotaran los últimos restos de energía de éstos, podría suministrarles electricidad de forma provisional hasta que la máquina de recarga volviera a funcionar. Quizá entonces se darían cuenta de lo afortunados que eran al tenerla. Quizá la perdonarían. Quizá la abrazarían.

Cuando Frankie se disponía a agarrar el picaporte, notó otra corriente. Sólo que no era de soledad, sino de aire. Se giró poco a poco para enfrentarse al frío, esforzándose por ver en la oscuridad. Pero no veía más allá del arrugado dobladillo de su camisón de hospital o el empeine de sus pies verdes descalzos.

El viento cobró más fuerza.

Frankie notó la boca seca. Los tornillos le empezaron a cosquillear. Las chispas volaban por doquier.

—¿Hola? —le temblaba la voz.

Las fashionratas se precipitaban de un lado a otro sobre el crujiente aserrín.

—Shhh —siseó Frankie, esforzándose por oír lo que no conseguía ver.

¡Zas!

Se escuchó un golpe al otro extremo del laboratorio. ¿Un armario? ¿El esqueleto? ¿La ventana?

"¡La ventana!"

¡Alguien trataba de entrar!

"¡Bekka!"

¿Habría enviado a la policía? ¿Iban a llevarse a Frankie mientras sus padres yacían, indefensos, en la cama? La sola idea de que se la llevaran a la fuerza, sin tiempo para despedirse, hizo que el cuerpo entero se le iluminara como un *soufflé* flameado…

Y así fue cómo distinguió el ladrillo que volaba hacia ella en la oscuridad.

Frankie supuso que únicamente podía provenir de una gigantesca turba de normis que se hubiera congregado en el exterior. Si no recordaba mal la historia de su abuelo, los normis disponían de horcas, balas de heno en llamas y una enorme intolerancia hacia los vecinos que funcionaban con electricidad.

CAPÍTULO 4

ALLANAMIENTO DE MORADA

Frankie buscó en su cerebro algún tipo de consejo para esquivar multitudes que su padre, al fabricarla, le pudiera haber implantado. Pero el único que encontró fue... "¡Al suelo!"

Dejándose caer sobre el linóleo, permaneció acostada boca abajo y extendió los brazos como una estrella de mar para quedarse aún más plana. A causa del terror, hojas de acero le giraban en el estómago como un ventilador de techo. Jadeaba como un animal. Cerró los ojos con todas sus fuerzas y...

—Parece que esta noche hay media luna —susurró una voz varonil.

"¿Por qué a los asesinos siempre les da por la charla intrascendente?"

—¡Vamos, hazlo! —gritó Frankie.

—De acuerdo —repuso él.

Frankie apretó los ojos todavía más. Imágenes de sus afligidos padres le cruzaban la mente a toda velocidad. Aunque, con toda probabilidad, estarían más a salvo y mucho menos agotados una vez que su hija hubiera desaparecido. Semejante pensamiento le aportaba kilovatios de alivio.

—¡Deprisa! Acaba de una vez.

El intruso colocó algo en el suelo, junto a la cabeza de Frankie.

"¿Una pistola? ¿Unas pinzas para quitar puntos? ¿Un extractor de tornillos?". Estaba demasiado asustada para mirar. Él se encontraba de pie, a su lado. Frankie notaba su calor. Lo oía respirar. "¿Qué esperas?".

—¿Qué esperas?

El desconocido colocó una fina sábana sobre los pantis tipo *short* de Frankie, caídos más de la cuenta.

—Ya está.

Frankie, por fin, abrió los ojos.

—¿Me mataste?

—¿*Matarte*? —se rio por lo bajo—. ¡Acabo de salvarte el trasero! Literalmente.

Frankie se incorporó.

—¿Eh?

—Estabas alumbrando una media luna. Acabo de taparla —de pronto, la voz le resultó conocida.

—¿Billy?

—Sí —susurró su invisible amigo.

Frankie soltó una risita. Sus dedos dejaron de lanzar chispas. Se levantó.

—Entré por la ventana. Espero que no te importe —indicó él desde algún lugar en la oscuridad.

—Para nada —Frankie sonrió, radiante—. ¿Qué haces aquí?

—Quería ver cómo estabas —repuso él con dulzura—. Y traerte esto —le colocó algo en la mano. El ladrillo volante. Sólo que no era un ladrillo, sino una caja envuelta en papel de plata.

—¿Qué es esto? —preguntó Frankie, arrancando el envoltorio. En su mano sujetaba un rectángulo blanco—. ¿Un iPhone?

—El iPhone 4, para ser exactos. He estado intentando llamarte, pero una grabación decía que tu teléfono estaba desactivado, así que pensé que éste te vendría bien.

—¿Cómo lo...?

—Claude lo compró en mi lugar —declaró Billy.

—Pero si es carísimo.

—No me gasto el dinero del domingo en el cine, ni nada por el estilo. Entro sin pagar. Y en cuanto a la ropa...

—¡Ahí va! —Frankie soltó una risita al caer en la cuenta de que Billy siempre iba desnudo. De otro modo, todo el mundo vería un par de pantalones flotando por la ciudad.

—Enciéndelo —instó él, cortando el hilo de pensamiento de Frankie.

Ésta pulsó el círculo oscuro en la parte inferior del aparato. Sobre la pantalla apareció una brillante orquídea esmeralda.

—Es una foto de mí, sujetando una flor verde. Si quieres, puedes cambiarla —fue pulsando en una página de íconos de colores hasta llegar a la libreta de direcciones—. Lo cargué con el número de teléfono y la información de contacto de todo el mundo —dio un golpecito en un cuadrado naranja. Surgió una lista aparentemente infinita de títulos de discos—. Y con música, claro.

Frankie clavó la vista en el regalo, intentando encontrar qué decir. No era la tecnología —de la que provoca cosquillas en los tornillos— lo que la había dejado sin habla. Ni la biblioteca de música, las páginas de aplicaciones o la libreta de direcciones, llena hasta los topes. Era la amabilidad.

—¡Ay, Billy! Me encantó. Mil gracias.

—Es una tontería —repuso él, aunque no lo era en absoluto—. Ah, mira esto. Cuando se fue la corriente, descargué la aplicación de una vela. Ahora puedes ver a oscuras.

Frankie tocó la pantalla. La cálida luz digital parpadeó a su alrededor.

—Electrizante, no: lo que le sigue —comentó, apoyando el teléfono en el hueco de su corazón—. ¿Qué hice para merecerlo?

—Todo. Te arriesgaste por nosotros. Y aunque al final metiste la pata, para entendernos, todos te estamos muy agradecidos.

—¿Todos? —las cuchillas de acero que le giraban en el estómago aminoraron la velocidad—. Entonces, ¿nadie está furioso conmigo?

—Algunos padres y madres, sí; pero nosotros, no. Todo ese asunto de Brett, su ataque de pánico; en realidad, tuvo su gracia.

Frankie sonrió con todo el cuerpo. Si su alivio hubiera sido electricidad, habría iluminado el país de punta a punta.

—Muchas gracias, Billy —le dijo a la oscuridad—. Te abrazaría, en serio, pero…

—Sí, lo de estar desnudo y ese rollo —repuso él—. Entiendo.

Frankie soltó una risita.

—Por cierto, ¿dónde están tus padres? —preguntó él.

—Eh, mmm, no están accesibles —respondió Frankie, eludiendo explicaciones.

—¿Cuándo esperas que regresen?

—Mañana, no sé a qué hora.

—Perfecto —repuso Billy al tiempo que activaba la aplicación de vela en su propio teléfono. Lo proyectó hacia la ventana esmerilada.

—¿Qué haces? —preguntó Frankie, cuya paranoia volvía a aparecer. ¿Era acaso una trampa?

—Tranquila —repuso Billy, aún apuntando hacia la ventana—. Observa...

De pronto, la ventana se abrió con un chirrido. Uno a uno, sus amigos RAD fueron entrando sigilosamente en el laboratorio.

—No resultaba seguro quedar debajo del carrusel, así que se nos ocurrió venir aquí —explicó Billy—. Espero que te parezca bien.

Una vez más, la amabilidad de Billy la dejó sin palabras. Frankie levantó su vela digital hasta colocarla al lado de la de él y le enseñó lo absolutamente bien que le parecía.

Para: **Operador de telefonía celular**
26 sept., 19:43
CLEO: ¿LS APAGONES AFECTAN AL SERVICIO D CELULARES?

Para: **Operador de telefonía celular**
26 sept., 19:43
CLEO: ¿Y A LOS SMS?

Para: **Operador de telefonía celular**
26 sept., 19:43
CLEO: ¿PODEMOS RECIBIR MENSAJES CUANDO NO HAY LUZ?

Para: **Todos los contactos**
26 sept., 19:44
CLEO: ¡MALDITA SEA! ¿¿¿DÓNDE ESTÁ TODO EL MUNDO???

Para: **Cleo**
26 sept., 19:44
MANU: POR FAVOR, DJA DE ESCRIBIR MENSAJES. EL SERVIDOR SE COLAPSA. BLOQUEO INSTALADO. LA COMUNICACIÓN HACIA Y DESDE EL PALACIO BLOQUEADA PARA PROTEGERTE. DESEOS DE TU PADRE.

Para: **Manu**
26 sept., 19:44
CLEO: ENTONCS ¿CÓMO NOS STAMOS ESCRIBIENDO AHORA?

Para: **Cleo**

26 sept., 19:45

MANU: LAPSUS MOMENTÁNEO EN EL BLOQUEO. DESEOS DE MANU. ☺

Para: **Manu**

26 sept., 19:46

CLEO: UF. ¿LO DEJAS ASÍ 1 MINUTO? ENTRE NOSOTROS.

Para: **Cleo**

26 sept., 19:46

MANU: ¡NO ESCRIBAS MENSAJES!

Para: **Manu**

26 sept., 19:47

CLEO: ☺

CAPÍTULO 5
SELLADO CON UN SISEO

Cleo canceló el baño de lavanda y optó por algo bastante más lujoso. Arrodillada junto a los pies de su cama sobre un cojín verde esmeralda, colocó las ostentosas joyas antiguas sobre el edredón de lino, remetido a conciencia bajo el colchón. El *glamour* del viejo mundo resultaba aún más seductor bajo la parpadeante luz de las velas, que se reflejaba en las gemas. Hasta los mismos gatos apreciaban la importancia de la situación. Acostados en cadena, conformaban una peluda fortaleza alrededor de las joyas y guardaban los tesoros reales como si sus siete vidas dependieran de ello.

En un primer momento, Cleo maldijo el apagón. A oscuras, era imposible hacer un pase de modelos ante Bastet, Akins, Chisisi, Ebonee, Ufa, Usi y Miu-Miu. Pero Hasina había aparecido con una caja de cien velas para ofrendas con aroma de ámbar. Y una vez que Beb terminó de encenderlas, el dormitorio de dos plantas de Cleo quedó transformado en un templo antiguo. La parpadeante luz arrojaba sombras danzarinas sobre las paredes de piedra. Y le resultaba fácil imaginar que era la tía Nefertiti, iluminada por la llama de Ra y el resplandor de la hermosura natural. Sola, a orillas del Nilo, aguardaba una cita secreta con un impresionante príncipe llamado Khufu. Como de costumbre, los expertos ojos de Khufu examinarían la belleza de Cleo desde todos los ángulos. Tenía que mostrar su mejor aspecto.

Colocó el collar en alto. El halcón en el centro parecía casi vivo. Los ojos de rubí del ave de presa relucían como si estuviera a punto de saltar sobre un pobre conejo incauto. A continuación, no sin dificultad, Cleo levantó la pesada corona, profusamente adornada. Quince ejercicios de bíceps para cada lado y antes del lunes tendría los brazos de Michelle Obama.

—¿Qué sentido tiene? —soltó un suspiro mientras volvía a guardar las joyas en el maletín. La fantasía sobre la tía Nefertiti satisfacía su amor por el glamour sólo durante un rato. Lo que necesitaba era un admirador de verdad. Un príncipe contemporáneo. Pero por el momento no se hablaba con él. Así que se encontraba recluida con una camada de gatos centinelas ronroneantes.

Con pasos silenciosos, bajó los escalones del altillo donde se hallaba su cama y atravesó el puente en dirección a la isla de arena. El arrullo del agua del Nilo siempre la tranquilizaba. De rodillas, juntó las manos en actitud de oración y elevó sus ojos azul topacio hacia el cielo sin luna, al otro lado del techo de cristal. Tenía varias preguntas urgentes para la antigua diosa de la belleza.

—Oh, Hathor —comenzó Cleo—. ¿Por qué me bendices con tan abundante tesoro y me privas de público que lo envidie? ¿Y, para colmo, un sábado por la noche?

Estaba a punto de exponer en profundidad la injusticia del toque de queda impuesto en Salem, y por qué no debería tener que sufrir las consecuencias del error cometido por Frankie. Pero Ram le advertía siempre que buscara soluciones, en lugar de compasión. Lo más seguro es que Hathor no fuera diferente.

—De acuerdo, ahí va mi pregunta verdadera —prosiguió Cleo—. ¿Sabes si Ra, dios del sol y del fuego, también controla los bloqueos? Porque, en serio, necesito que elimine el blo queo de mi padre para poder enviar unos mensajes. Dos minutos, máximo. Y luego que lo vuelva a instalar. Manu lo hizo, en plan, cinco minutos. A ver, de verdad... —levantó el maletín de acero que contenía las joyas para que Hathor lo viera mejor—. ¿Qué sentido tiene disponer de esta maravilla si no hay nadie para admirarla?

Hathor no respondió.

Cleo bajó el maletín.

—Lo dicho: no hay nadie.

—Yo la admiraré —declaró una voz conocida.

Bastet, Akins, Chisisi, Ebonee, Ufa, Usi y Miu-Miu levantaron la cabeza.

"¡Ay, Geb mío!"

Cleo sonrió al ver a su novio, apoyado con aire informal en el marco de la puerta dorada de su dormitorio. Así y todo, se negó a cruzar el puente para recibirlo.

Vestido con jeans de tubo lavados de tono oscuro, camiseta de manga larga azul marino —deliciosamente descolorida— y los zapatos de tobillo alto y cuero marrón chocolate que Cleo le había regalado el Día del Trabajo, Deuce lucía muy atractivo.

"¡Gracias, Hathor!"

Descendiente de las gorgonas, tenía serpientes en lugar de pelo y la habilidad para transformar en piedra todo cuanto miraba: de ahí el gorro y las gafas. Aunque ambos accesorios eran cruciales para el bienestar del prójimo, a Cleo le gustaba el toque fashion que aportaban a su estilo, por lo demás sin pretensiones. De acuerdo, las gafas oscuras impedían mirar a Deuce a los ojos, pero el reflejo permitía a Cleo contemplar los suyos propios. Lo que nunca estaba de más.

—La decoración me gusta.

Cleo pasó los dedos lentamente por la arena para evitar que su entusiasmo quedara al descubierto.

—¿Qué haces aquí? —preguntó con actitud regia, por si se le había olvidado que estaba indignada con él.

—Intenté llamarte —repuso Deuce, embutiendo las manos en sus bolsillos delanteros—. Pero el buzón de voz me saltaba todo el rato.

"¿Todo el rato?"

Deseaba saber cuántas veces había intentado llamarla. A qué hora, qué habría dicho si hubiera conseguido contactar con ella, y si la ausencia de Cleo provocaba que sus sentimientos hacia ella fueran en aumento. Pero no se atrevía a derrumbar la fachada. En vez de eso, decidió dejar que Deuce pensara que no le había contestado a propósito. Tal actitud distante la hacía más atractiva.

—Bueno… ¿qué? —masculló Deuce—. ¿No vas a hablar conmigo?

Incapaz de respirar un segundo más por culpa del modelito que le apretaba las tripas, Cleo se levantó. El vestido de vendas de color púrpura minimizaba su diminuta cintura y maximizaba su escote, lo que demostraba que el diseñador francés responsable de aquello era un auténtico dios egipcio por derecho propio.

—¿De qué quieres hablar, exactamente? —preguntó ella, colocando una mano en la cadera y proyectando un hombro hacia afuera. ¿Por qué no hacerle ver lo que tenía que pagar por haber llevado al baile a aquella chica sin el más mínimo sentido de la moda?

—Quiero que sepas que no siento nada por Melody.

—¿Por quién? —preguntó Cleo mientras examinaba sus cutículas maravillosamente hidratadas—. Ah, ¿te refieres a esa pobrecilla cuya única prenda ajustada es una diadema elástica?

Deuce negó con la cabeza y, con toda probabilidad, puso los ojos en blanco tras las gafas de sol. Odiaba la malicia de los gatos pero, oye, antes que actuar como un perrito faldero... *¡Miauuuu!*

Por fin, dio un paso hacia Cleo. El parpadeo de un centenar de velas de aroma a ámbar lamía su piel intensamente bronceada.

—Quería ir contigo, ¿te acuerdas? Te pedí a *ti* que me acompañaras. Pero *tú* decidiste hacer un boicot porque el tema era —hizo una pausa para marcar unas comillas imaginarias en el aire— "ofensivo".

—Y claro, tuviste que ir con ella.

—Me obligó su amiga Bekka, una plasta de mujer. Yo no quería, para nada. Y fue la peor noche de mi vida.

Cleo suspiraba por enterarse de lo muy insoportable que la noche le había resultado sin ella. Cuando se trataba de Deuce, se convertía en una especie de camello del amor: almacenaba confianza en sí misma en su joroba invisible con forma de corazón, recurría a ella cuando sus inseguridades necesitaban ser alimentadas y racionaba las palabras de Deuce mientras atravesaba las zonas secas. "Estás preciosa" podía alimentarla hasta el mediodía. "Te echaré de menos" duraría un fin de semana. "Te quiero" le servía para tres días. Pero la traición de él había agotado sus reservas. Necesitaba un recambio de grandes proporciones.

—Y dime, ¿por qué fue "la peor noche de tu vida"? —preguntó, fingiendo que el tema la aburría. Cuanto menos aparentaba necesitar, más conseguía.

Deuce bajó la vista a sus zapatos de firma.

—Melody se dio cuenta de que no me interesaba. Así que empezó a tontear y...

—¿Y qué? —exigió Cleo con una leve inclinación de cuello. El sutil movimiento produjo una diminuta ondulación de su pelo negro, brillante como la laca.

—Me quitó las gafas.

Cleo ahogó un grito al tiempo que recordaba la estatua de la bruja, en una posición extraña, apoyada contra una mesa del gimnasio.

—¿Fuiste tú?

Deuce asintió con aire avergonzado.

—Salí corriendo tan deprisa como pude, y fue entonces cuando te vi y... bueno, ya conoces el resto. No pasó nada. Lo juro por Adonis.

—No sé —Cleo suspiró. La respuesta de Deuce era del todo insatisfactoria. Se suponía que iba a decir que había sido la peor noche de su vida porque no estaba con ella, y no porque había convertido en piedra a una bruja. Igual daba que Cleo creyera que no había ocurrido nada entre él y Melody. Quería más consuelo, y punto. Como la vez que Cleo se compró el mismo par de zapatos de cuña en cuatro colores diferentes. Si podía tener más, ¿por qué no agarrar más?—. Quizá deberíamos empezar a ver a otras personas.

—¿Cómo? —espetó Deuce, zambullendo las manos en sus bolsillos delanteros—. No quiero estar con nadie que no seas tú.

"Bon appétit!"

Cleo se podría haber detenido en ese momento. Gracias a semejante confesión, se podría haber dado un banquete que le durara hasta el lunes. En vez de eso, soltó un suspiro, exprimiendo a Deuce como a una naranja para jugo.

—Entonces, ¿nada de malos rollos? —preguntó él, acercándose hacia el puente con andares vacilantes.

Cleo bajó la mirada y se sacudió la fina arena blanca de su vestido. Descalza, atravesó lentamente el frío pasaje de piedra. Una vez que llegó al otro lado, se apoyó hacia atrás sobre la barandilla y cruzó los brazos sobre el pecho. Los gatos se acomodaron alrededor de sus tobillos.

—¿Qué tal ahora? —preguntó Deuce, que dio un paso hacia ella sujetando una delgada caja roja. En la tapa, con letras doradas, se leía: MONTBLANC, y estaba plagada de agujeros minúsculos. Para el caso, podría haber puesto SEGUNDA MANO.

Cara a cara con Deuce, y con su propio reflejo, Cleo recompuso su flequillo y decidió aceptar el regalo. Pero no las disculpas. Todavía no.

—Ábrela —instó él sonriendo—. Despacio.

Levantó la tapa de la caja, unida con bisagras, que chirrió en señal de protesta. Cleo ahogó un grito al ver lo que contenía.

—Bonita, ¿verdad? —dijo Deuce mientras introducía el dedo índice bajo una esbelta y tornasolada serpiente y la levantaba en dirección al brazo de Cleo. Las escamas plateadas del reptil captaban la luz de las velas y reflejaban un caleidoscopio de colores cuyos destellos rivalizaban con las joyas de la tía Nefertiti—. Era de mi madre. Su primera cana.

Cleo se inclinó para acercarse.

—Hola —ronroneó en dirección a la caja—. ¿Cómo te llamas?

A modo de respuesta, la serpiente levantó su cabeza triangular y lanzó hacia fuera su lengua bífida.

—*Sssssssssssssssssssssssstttttttttttttttttt.*

—Miiiaaaauuuu —maullaron Bastet, Akins, Chisisi, Ebonee, Ufa, Usi y Miu-Miu. Los gatos se dispersaron como las cuentas de un collar egipcio que se rompe.

—Sissette —Cleo hablaba con el entusiasmo de una madre orgullosa—. Voy a llamarte Sissette.

Sissette sacó la lengua en señal de aprobación.

—¿Dónde quieres que la ponga? —preguntó Deuce mientras acariciaba la pequeña cabeza triangular de la serpiente con la yema del pulgar.

Cleo señaló su bíceps derecho. Tras un día maratoniano escribiendo jeroglíficos, estaba ligeramente más en forma que el izquierdo.

Deuce enrolló a Sissette tres veces y media y la mantuvo en esa posición mientras la colocaba sobre el brazo de Cleo. El tono plata perlado de la serpiente resaltaba sobre la oscura piel de Cleo como un remolino de leche espumosa sobre un café solo.

—Deuce, ¡está súper!

—Me alegro de que te guste. Ahora, cierra los ojos.

—Cerrados.

Las llamas del centenar de velas con aroma de ámbar siguieron parpadeando en la oscuridad del interior de sus párpados. ¿Era una ilusión óptica? ¿O acaso el amor había vuelto a encenderse?

—De acuerdo —concluyó Deuce—. Terminado.

Cleo abrió sus párpados, con pestañas postizas.

—Aquí está tu pedrusco —dijo Deuce, dando orgullosos toquecitos a Sissette, ahora sólida, en el brazo de Cleo.

—¿Está muerta? —preguntó Cleo, acariciando la cabeza de piedra de la serpiente.

—No, sólo la petrifiqué —repuso él con una sonrisa—. Se despertará dentro de unas horas, como nueva.

Cleo esbozó una sonrisa radiante.

—¿Me perdonas ahora? —Deuce sonrió.

—Con una condición —presionó ella.

Asintió, expectante.

—A partir de este momento, somos una pareja exclusiva. No más descansos durante tus viajes familiares a Grecia. No más sustitutas para los bailes. Y no más Melody.

Deuce se puso una mano sobre el corazón y levantó la otra en señal de promesa.

"¡De lujo!"

Las pestañas de Cleo aletearon el perdón. Su príncipe contemporáneo había llegado.

Se inclinó hacia él con los labios fruncidos.

Deuce abrió la boca.

Cleo se acercó más...

—Tenemos que irnos.

Ella abrió los ojos.

—*¿Irnos?* ¿Adónde?

—¿Es que no leíste tus mensajes?

—Eh... sí —mintió Cleo, aún reticente a confesar lo del bloqueo.

—Entonces, nos vamos.

—¡No puedo irme! Ni siquiera has visto mis joyas nuevas —insistió ella, frotando los pies sobre la estera de junco—. Además, ¿qué pasa con el toque de queda? Mi padre no me dejará salir. Y menos contigo... Espera, ¿cómo subiste hasta aquí, para empezar? Él jamás te permitiría...

Deuce empujó hacia atrás el puente de sus gafas de sol.

—Las gafas, bueno... se me escurrieron cuando Manu abrió la puerta —esbozó una sonrisa satisfecha.

—¿Lo convertiste en piedra? —Cleo ahogó un grito.

—Sí, como a todos los demás. Era la única manera de sacarte de aquí.

—*¡Deuce!* —Cleo pisoteó el suelo, sin saber si enfadarse o echarse a reír.

—Estarán perfectamente dentro de unas horas, no te preocupes —la empujó poco a poco hacia la puerta—. Vamos, hay que ponerse en marcha.

Por una vez, Cleo permitió que la dirigieran. Por lo general habría opuesto más resistencia e insistido en saber adónde iban. Pero ¿por qué estropear la sorpresa? Deuce le estaba proporcionando romance en las proporciones de un bufé libre. Y Cleo se moría de hambre.

Para: **Melody, Jackson**
26 sept., 19:51
FRANKIE: SOY FRANKIE. VENGAN LO ANTES POSIBLE. CRUCEN EL BARRANCO. NO HAY PELIGRO. MI VENTANA ESTÁ ABIERTA. XXX

Para: **Frankie**
26 sept., 19:51
MELODY: ¿TLF NUEVO? ¿TIENES 1 PLAN? ¿DND STÁN TUS PADRES? ¿STÁS BIEN?

Para: **Melody**
26 sept., 19:51
FRANKIE: ¡DATE PRISA! XXX

Para: **Jackson**
26 sept., 19:51
MELODY: ¿Q ESTÁ PASANDO?

Para: **Melody**
26 sept., 19:52
JACKSON: NI IDEA. ¿NOS VEMOS N EL BARRANCO DETRÁS D NUESTRA CASA N 2 MIN?

Para: **Jackson**

26 sept., 19:52

MELODY: MIS PADRES EN LA SALA. ME VERÁN X LA VENTANA. IRÉ A BUSCARTE

Para: **Melody**

26 sept., 19:52

JACKSON: PELIGROSO CRUZAR LA CALLE. POLICÍA X TODAS PARTES.

Para: **Jackson**

26 sept., 19:52

MELODY: MEJOR Q M ENCUENTREN A MÍ Q A TI. SALGO YA.

CAPÍTULO 6

LA NUDI SOLITARIA

El apagón había sido un milagro.

Habían colocado estratégicamente seis linternas de gasolina en la casa de troncos de los Carver. Las llamas blancas proporcionaban un toque de claridad a un hogar necesitado de luz.

Deslizándose a hurtadillas de una zona oscura a la siguiente, Melody consiguió llegar a su posición junto a la puerta de entrada sin ser descubierta. Entonces, oculta en un charco de oscuridad, agarró con fuerza el pomo de bronce y esperó la señal de su hermana.

La decisión de contarle a Candace todo lo relacionado con el problema "Bekka-y-la-filtración-a-la-prensa-del-video-de-Jackson" había resultado muy beneficiosa para la causa, a la que Candace se empeñaba en llamar NUDI, o Normis Unidos contra Discriminadores Idiotas.

—¿Qué te parece algo más sobrio, como CAOS: Club Antirracista Opuesto a la Semejanza? —probó Melody.

Candace puso los ojos en blanco.

—Si nos ponemos en ese plan, lo podemos llamar PARO: Patéticos Aniquiladores del Racismo en Oregón. A ver, Melly, ¡por favor! La primera impresión es fundamental —explicó con una autoridad que nadie le había otorgado—. A la gente no le gusta que la asocien con CAOS. Al contrario que NUDI. ¿A quién no le gusta lo que sugiere?

—Mmm, a mí —repuso Melody entre risas. Luego, reparó en el mensaje urgente de Frankie. El debate había terminado. Había llegado la hora de la primera misión, a la que Candace había dado el nombre de código de "Escapada NUDI". Y estaba programada para comenzar en tres... dos... uno...

—¿Mamááá? —vociferó Candace desde lo alto de las escaleras—. ¿Papááá?

Escudada bajo la penetrante voz de su hermana, Melody giró el pomo chirriante. En el exterior tronaba el sonido de fondo de una tormenta.

—¿Sí? —respondieron sus padres al unísono.

—Melly se durmió, y estoy aburrida. ¿Quieren jugar a UNOOOOOOOOO?

—¡Claro! —repuso Glory desde el cuarto de estar, con tono receloso pero complacido.

—Digo que si quieren jugar a UNOOOOOOOOO.

—¡Sí! —respondió de nuevo su madre.

—¡UNOOOOOOOOO!

Mientras Melody, entre risas, cerraba la puerta a su espalda, no tuvo ya la menor duda acerca de la solidaridad de su hermana. Para Candace, jugar a UNO con sus padres un sábado por la noche suponía el sacrificio definitivo: prueba irrefutable de que no era una simple participante: era una jugadora de equipo.

En el exterior la calle se notaba fría, silenciosa. Una turbia oscuridad ribeteada de lluvia envolvía Radcliffe Way, que recordaba a un poncho de lana empapado. El columpio del porche rechinaba bajo la ventisca. Varias ramas volaban por los aires y las hojas mojadas se arremolinaban. Tras las oscuras ventanas de los vecinos, las velas parpadeaban. Al igual que la noche anterior, cuando las latas vacías resonaban alrededor de sus pies en el solitario estacionamiento del instituto, Melody tuvo la sensación de haber llegado al set vacío de una típica película de terror lamentablemente vulgar. Aun así, no sentía temor; al menos, por ella misma.

Deteniéndose en el porche, aguzó el oído al acecho del acuoso zumbido de una patrulla que pasara por allí.

Nada.

Había llegado la hora.

El viento se tornó huracanado. Melody se cubrió con la capucha de su sudadera negra, bajó a saltos los peldaños de la entrada, cruzó los charcos del césped inundado y atravesó la calle a la velocidad del rayo, calándosele al instante sus zapatillas deportivas de color rosa.

Una vez que llegó a la parte posterior de la acogedora casa de estilo campestre y paredes blancas donde Jackson vivía (que transmitía optimismo aun en los peores momentos), Melody se introdujo en el barranco.

—¿Por qué tardaste tanto? —susurró él desde lo profundo de los arbustos.

—¿Dónde estás?

—Sigue el corazón que brilla en la oscuridad —repuso él, sin ni siquiera detenerse a darle un beso de bienvenida.

—¿Qué...? —comenzó a decir Melody—. ¡Vaya! —esbozó una sonrisa al descubrir una pegatina luminiscente de color verde con forma de corazón humano, pegada a la parte posterior de la gorra de beisbol de Jackson.

—Venía en una caja de cereales —explicó él mientras saltaba sobre un mosaico de ramas caídas y hojas relucientes—. Llama la atención menos que una linterna.

—Es verdad —convino Melody, falta de aliento, esforzándose por no quedarse atrás—. ¿Cómo pudiste escaparte?

—No me escapé. Mi madre sabe que salí.

—¿En serio te dio permiso?

—Hicimos un pacto para decir siempre la verdad —susurró Jackson—. No más secretos. Confianza absoluta. Le expliqué que Frankie necesitaba mi ayuda y le pareció bien. Es partidaria total del apoyo a la comunidad.

De pronto, Melody se preguntó por qué no se le habría ocurrido la idea. Sus padres siempre habían sido abiertos y sinceros con ella. Quizá les comentaría el asunto a la mañana siguiente... si es que la policía no la arrestaba antes.

—¿Se preocupó? —preguntó Melody.

Por fin, Jackson se giró para mirarla cara a cara. Sus gafas de *nerd,* que le daban un toque chic, estaban salpicadas de lluvia.

—¿Si se preocupó? Más bien se puso nerviosa. Pero le dije que la única manera en la que podría perdonarla por no contarme —se interrumpió por si alguien estuviera escuchando— "ya sabes qué", era que nos lo contáramos todo a partir de ahora.

Melody, en efecto, entendía a qué se refería con el "ya sabes qué". Estaba al tanto de todo. Sabía que Jackson era un RAD. Que descendía del doctor Jekyll y míster Hyde. Que una sustancia química en su sudor convertía a Jackson en D. J. Hyde. Que D. J. era impulsivo. Que era la clase de chico loco por la música, y el alma de las fiestas. Y que eso no era precisamente lo que a Melody le iba, así que tenía que evitar a toda costa que Jackson se expusiera a un exceso de calor.

—Tal vez deberíamos descansar un rato —propuso.

Él hizo caso omiso de la sugerencia y continuó andando.

—Mi madre me contó que hay otros RAD en el instituto. No sólo Frankie y yo. Qué bien, ¿verdad?

Una ráfaga de viento sacudió las gotas de las hojas de los árboles. La fresca agua de lluvia salpicó las mejillas de Melody. Más que la inesperada llovizna, o la noticia de la existencia de otros RAD, lo que la tomó desprevenida fue una repentina punzada de celos. ¿Y si Jackson quisiera salir con otras chicas RAD, en vez de con ella? Seguramente serían más interesantes y, desde luego, tenían mucho más en común con él.

—¿Te importa ir más despacio? —espetó malhumorada mientras golpeaba una rama con la indignación de alguien a quien acaban de dejar plantado—. ¿Qué prisa hay?

—¿Prisa? —contraatacó Jackson con brusquedad—. La casa de Frankie está en la otra punta del barranco y hay policías por todas partes. Arrestan a cualquiera que no respete el toque de queda y lo llevan a la comisaría para tomarle declaración. Unas gotas de sudor provocado por los nervios, el calor de una lámpara de interrogatorio y... "¡Hola, ya-sabes-quién!".

Melody arqueó las cejas y cruzó los brazos sobre el pecho. Nunca lo había visto perder los estribos.

—Perdona —se disculpó Jackson. Los relámpagos de sus ojos castaños amainaron hasta convertirse en un leve centelleo—. Mi madre lleva unos días muy estresada. Puede que me lo haya pegado —dio unos pasos para acercarse a Melody—. Además, si me agarran, ¿quién va a hacer esto? —inclinándose hacia delante, le dio un tierno y prolongado beso. La sinceridad del gesto cubrió los labios de Melody con la suavidad de un bálsamo.

"¡Vamos, chicas RAD!"

Con renovadas esperanzas, le dio la mano.

—Más vale que nos demos prisa.

Jackson tiró de Melody a través de los matorrales. La pegatina luminiscente en la parte posterior de su gorra le iluminaba el camino. El esfuerzo por no quedarse rezagada ya no le daba la impresión de ir a la caza, sino de seguir a su propio corazón.

—D., ¿por qué vas tan deprisa? —preguntó una chica en la distancia con un sonoro murmullo.

Jackson y Melody se quedaron inmóviles como conejillos asustados.

—¡Ayyy! ¡Me enredé con las ramas! —gimoteó—. Tengo el pelo hecho una sopa.

—Shhh —siseó un chico—. No es más que pelo.

—Mira quién habla. ¡El que lleva sombrero!

Jackson presionó los labios sobre la oreja de Melody.

—¿Es Deu...?

Ella le tapó la boca, mientras la carne de gallina le cubría los brazos como puntos de braille.

—¡Cállate! —insistió el chico—. ¿Quieres que nos maten, o qué?

—Eso es cosa tuya —siseó la chica en respuesta.

—Anda, ya casi llegamos.

Los pisotones de ambos fueron subiendo de volumen... se acercaban...

Bzzzzzzzzzzzzzzz.

Jackson, aterrorizado, abrió los ojos como platos.

"Lo siento", dijo Melody moviendo los labios sin hablar. A toda prisa, dirigió la mano al bolsillo trasero de sus jeans y apagó el vibrador del celular. No le hacía falta consultar la pantalla para saber quién enviaba el SMS. Su corazón, acostumbrado ya a los mensajes sonoros de Bekka —que se repetían cada hora— latía al ritmo del mensaje.

Tictac... tictac... tictac...

Bum-bum... bum-bum... bum-bum...

Tictac... tictac... tictac...

Bum-bum... bum-bum... bum-bum...

Las pisadas se acercaban...

Melody, muy despacio, lanzó una mirada a Jackson mientras se preguntaba si el sonido de sus globos oculares al moverse podría delatarlos a ambos.

Jackson oprimía las mandíbulas con leves pulsaciones.

Melody le apretó la mano, asegurándole que todo iría bien. Como si ella supiera.

Por fin, tras varios segundos aterradores, la otra pareja desapareció.

Melody y Jackson corrieron el resto del camino en un silencio alimentado por la adrenalina.

Imágenes fantasmagóricas se deslizaban de un lado a otro tras la ventana de cristal esmerilado del dormitorio de Frankie. Un olor a perfume de ámbar que resultaba familiar rondaba la abertura rectangular a modo de advertencia. Melody no conseguía identificarlo, pero había algo en el aroma que le producía inquietud.

—¿Estás seguro de que no hay peligro? —preguntó, lamentando que sus padres no supieran dónde estaba.

—No —suspiró él al tiempo que inspeccionaba el oscuro callejón sin salida—. Será mejor que entre yo primero.

Melody no discutió.

Jackson se subió a un tocón de árbol convenientemente situado y se impulsó hasta la ventana como quien sale de una piscina. Luego, retorciendo el cuerpo, se introdujo en el laboratorio. Sus botas estilo militar aterrizaron con un golpe sordo.

La lluvia volvió a cobrar fuerza.

—Vamos —apremió Jackson, tendiendo la mano a Melody—. Deprisa.

Melody fue arrastrando el cuerpo a través del estrecho orificio. Jackson la agarró de los tobillos y tiró de ella como el ginecólogo que asiste en un parto. Las zapatillas empapadas de Melody aterrizaron con el mismo golpe sordo.

El laboratorio que había visitado con D. J. la noche anterior estaba ahora abarrotado de alumnos de Merston High. A pesar de la tenue luz de las velas, pudo reconocer a casi todos, aunque no sabía el nombre de nadie. Algunos iban en pijama; otros, en *pants*. Algunos conversaban, apiñados en círculos; otros estaban sentados en el suelo como pasajeros que sufren un retraso en el aeropuerto. Algunos charlaban animadamente; otros se mordían las uñas. Pero, de pronto, todos tuvieron algo en común. En cuanto repararon en Melody, dejaron de hacer lo que estuvieran haciendo e intercambiaron miradas en busca de una explicación.

—¿Qué pasa aquí? —preguntó Melody a Jackson.

Éste se quitó la gorra de beisbol y se alborotó el pelo aplastado.

—Ni idea.

—¡Electrizante! Vinieron —dijo Frankie con la sonrisa educada de quien celebra su cumpleaños. Melody agradeció la bienvenida de la anfitriona. Al menos, todo el mundo sabría que la habían invitado.

Las conversaciones se interrumpieron. Los rostros se giraron.

El corazón de Melody se aceleró.

—Pensé que querías que viniéramos porque se te había ocurrido un plan —declaró, desconcertada por la inesperada reunión—. Porque el tiempo se agota. Bekka...

—Tranquila. Ya lo solucioné —le aseguró Frankie—. Esperé a que llegaran para contárselos.

—En ese caso, ¿qué hace aquí toda esta gente? —preguntó Jackson mientras miraba a los otros—. ¡Un momento! No sabrán lo de mi video, ¿verdad? Creía que era un secreto entre nosotros.

—Son de los nuestros —Frankie le guiñó un ojo.

—¿Qué? —espetó Jackson, aturdido.

—Son RAD.

"¿RAD?", repitió moviendo los labios en silencio. Mientras tanto, colocó una mano en el hombro verde de Frankie, al descubierto gracias al camisón de hospital que, atado a la cintura con estilo, tiraba del escote hacia abajo.

—¡Imposible!

Mientras Melody escudriñaba la muchedumbre a la luz de las velas, la piel le escocía por una mezcla de miedo y emoción. Vio a la chica pálida de su clase de Lengua... Y a esa tan guapa de los rizos castaños y la boa de piel... A la risueña rubia australiana obsesionada con los guantes... A los atractivos deportistas vestidos al estilo de los almacenes J. Crew, con los que Candace había coqueteado el día que los Carver llegaron a Salem... ¡Ay, Dios mío! ¡DEUCE! "¿De verdad anduve con dos monstruos en un mes?".

—¿Todos son RAD? —preguntó Melody.

Frankie asintió, encantada.

—¡Alucinante!

—Sí —repuso Frankie con orgullo mientras apretaba a Jackson entre sus brazos con la fuerza de las fajas de látex que estilizan la figura—. ¿No es increíble? —le preguntó.

Él agitó la cabeza de un lado a otro, demasiado abrumado como para articular palabra.

La chica de la boa clavó la mirada en Melody al tiempo que susurraba a la joven de los guantes. Deuce hizo a los hermanos vestidos de J. Crew un comentario que los impulsó a acercarse a Melody. Ésta notó un golpecito en el hombro; se giró, pero no vio a nadie. Cleo y sus amigas soltaban risitas en la distancia.

Melody agarró la mano de Jackson, pero él no pareció darse cuenta. Su mano se notaba pegajosa e inerte, ya no respondía al roce de Melody. Ahora estaba en los brazos de Frankie. Seguramente, evaluaba a sus futuros amigos. La predecible carga genética de Melody ya no le atraía. Buscaba algo diferente...

"¡Ay, Dios mío!". ¿Y si la relación entre Jackson y ella había sido una farsa, planeada para vigilar a la entrometida chica nueva? Tal vez la había llevado hasta allí con engaños, para retenerla como prisionera normi. ¿Su vida a cambio del video de Jackson?

"¡Era una trampa!"

El pánico provocó que la sangre le hirviera a borbotones. El miedo hizo sonar señales de alarma en sus oídos. De un empujón, la adrenalina apartó a Melody del asiento del conductor y se colocó al volante. Con tembloroso ímpetu y escasa reflexión, agarró a Frankie por las muñecas y, apartándola de Jackson, le clavó una mirada furiosa.

—¡Sé lo que estás tramando, pero no va a funcionar!

Las cabezas se giraron de nuevo.

Frankie, entre risas, hizo un mohín con los labios.

—No me culpes por intentarlo. D. J. ya conoce a todos los que están aquí y...

"¿D. J.?"

—¿Por eso me abrazaste? —preguntó Jackson mientras se apartaba a un lado y encendía su ventilador portátil—. ¿Querías hacer que sudara?

Frankie asintió con aire culpable.

—Quiero que D. J. escuche lo que voy a decir.

La adrenalina devolvió el volante a Melody y, avergonzada, desapareció.

—Entonces, ¿no me tienes prisionera?

Jackson la miró, desconcertado. Frankie soltó una carcajada. Su piel de color menta se veía más suave que nunca, ahora que le habían tensado los puntos.

—Te estás curando muy deprisa —dijo Melody en un torpe intento por comenzar de nuevo—. Los pacientes de mi padre tardan semanas en recuperarse.

—¿En serio? ¿A qué se dedica? —preguntó Frankie con genuino interés.

—Es cirujano plástico —gruñó Melody en respuesta, señalando su nueva y mejorada nariz.

—¡Excelente! —Frankie rodeó los hombros de Melody con el brazo y la atrajo hacia sí—. ¡Tenemos mucho en común!

"¿En serio?"

Frankie rodeó la barbilla de Melody con las manos y aleteó las pestañas.

—¡Cara fabricada por papá! —esbozó una sonrisa radiante. Su capacidad para aceptar lo extraño de la situación con tanto humor y elegancia tranquilizó a Melody.

¡Pum!

Alguien dio una fuerte palmada a Jackson en la espalda, propulsándolo hacia delante.

—Me alegro de que por fin te unas al grupo, *friqui* de doble cara.

Por mucho que Melody se esforzó, no consiguió ver a nadie en la penumbra.

—¿Quién dijo eso?

Jackson, a tientas, enderezó sus gafas torcidas.

—Les presento a Billy —Frankie hizo un gesto hacia el espacio vacío que tenía a su lado—. Es invisible. Y el amigo más electrizante que una chica pueda tener —dio un beso en el aire—. Pero no se les ocurra abrazarlo: es nudista —añadió entre risas.

—Bienvenidos —dijo Billy. Un puñado de sugus apareció de la nada. Uno de cereza quedó al descubierto y desapareció en la boca de Billy.

—Gracias —Jackson sonrió al envoltorio, que flotaba en el aire.

—Ven, te presentaré a todo el mundo —dijo Billy mientras tiraba de él hacia el centro del laboratorio. Jackson volvió la vista a Melody con expresión atemorizada; aun así, no dio muestras de quedarse. De modo que ella lo dejó marchar.

—Esto es genial —dijo Melody a Frankie, tratando de demostrar a los mirones que podía arreglárselas sin Jackson, aunque no era así en absoluto. Tal vez si se presentara a ellos, si les demostrara que su interés era sincero, si les preguntara quiénes eran, a qué se dedicaban, de quién descendían y por qué...

—¿Qué hace *ésa* aquí, por amor de Geb? —preguntó Cleo, cuyo veneno despedía un aroma a ámbar.

¡No era de extrañar que aquel olor hubiera puesto nerviosa a Melody! Desde el instante mismo en que se conocieron, Cleo la había tratado como a una tonta de primero de secundaria: un sentimiento que se le grababa a fuego en el alma y le resultaba demasiado familiar.

—¡Un momento! —Cleo pateó el suelo con su sandalia de plataforma—. No me digas que *ésa* es una... ¿Y... qué hace aquí?

Frankie negó con la cabeza. Deuce se acercó con una vela encendida.

—Imposible —se rio por lo bajo con frescura—. Eres una RAD.

Cleo le dio un codazo.

—Entonces, ¿por qué está aquí? —masculló Deuce.

Cleo lanzó una mirada asesina a Frankie en espera de la respuesta.

—Porque tengo que dar un aviso y quiero que Melody lo escuche.

—¿Algún otro espía en la sala del que deberías informarme? —preguntó Cleo, girando la pulsera iridiscente con forma de áspid que llevaba en el brazo.

—¡Cleo! —suplicó Frankie—. Es mi amiga.

Melody notó una cálida sensación en su interior.

—Stein —resopló Cleo—. No podemos fiarnos de ella. Nos estás poniendo en un peligro mayor aún.

Frankie soltó chispas.

—De hecho, estoy a punto de hacer lo contrario —lanzó un guiño a Melody y acto seguido se acercó a la mesa de operaciones.

Cleo tiró de Deuce hacia delante, hasta la primera fila del gentío, dejando a Melody sola junto a la ventana.

—Atención, por favor —dijo Frankie con un sonoro susurro.

Apretó las manos sobre la plancha de acero e impulsó su menudo cuerpo hacia arriba hasta quedarse sentada. Sus pies descalzos colgaban como si fueran los de un niño, pero sus ojos sombríos tenían la expresión seria de un adulto.

—En primer lugar —dijo—, quiero dar las gracias a Billy por haberlos traído a todos.

Rompieron a aplaudir. Frankie agitó las manos, apremiándolos a que pararan.

—Shhh —les recordó, llevándose un dedo a los labios.

El viento silbaba a través de la rendija en la ventana, helando el cuello de Melody. Jackson le hizo señas para que se uniera a él en el compacto grupo, pero ella negó con la cabeza. El frío era un consolador recuerdo de que tenía una escotilla de salvamento a pocos centímetros de distancia.

—Y gracias a todos por venir —prosiguió Frankie—. Soy consciente del peligro que supone salir de casa en estos momentos, de modo que, para mí, su presencia cuenta megavatios. Llegué a pensar seriamente que todos ustedes me odiaban —soltó una risita.

Melody sonrió, conmovida por la apabullante sinceridad de su nueva amiga.

Frankie suspiró.

—Anoche —prosiguió, poniéndose seria—, yo, en fin...

—¿Perdiste la cabeza? —bromeó uno de los deportistas vestidos de J. Crew. Sus hermanos entrechocaron las palmas con él.

Frankie fue a palparse las puntadas del cuello, pero lo debió de pensar mejor y bajó la mano.

—Me siento fatal porque sus vidas estén en peligro por mi culpa. Quiero que las cosas cambien en Salem. Quiero que dejemos de movernos a escondidas por los barrancos cuando haya un apagón. Quiero dejar de ponerme maquillaje color de normi para ir al instituto. Quiero que estemos orgullosos de quienes somos y que nos acepte...

—¿Melopea? —vociferó Cleo señalando a Melody, cuyas mejillas se encendieron.

Los RAD se echaron a reír. En un primer momento, por lo bajo; después, la risa fue subiendo de tono hasta convertirse en un ataque de histeria. No tanto porque consideraran que Cleo tenía gracia, sino porque dijo lo que todos estaban pensando y, a todas luces, necesitaban relajar la tensión.

Jackson se plantó de pronto al lado de Melody y, a modo de apoyo, enganchó un dedo a la trabilla de su cinturón. Ella estaba tan aterrorizada que no fue capaz de agradecérselo.

—Oye, ¿no eres la mejor amiga de Bekka? —dijo elevando la voz una chica con expresión de zombi.

—¡Regístrenle el teléfono! —vociferó un chico con cara de cuervo—. Apuesto a que está escribiendo *tweets* sobre nosotros ahora mismo.

—¡Es una espía!

Melody notó la boca seca.

—¡No! Bekka y yo no somos amigas, ya no —acertó a decir con voz ronca y temblorosa—. Soy nueva en Salem.

Cuando la conocí, no tenía ni idea de cómo era. Créanme, quiero darle su merecido tanto como ustedes.

—Sí, claro —terció un chico con pies enormes y greñas de pelo negro—. Seguramente se dirige hacia nosotros con un equipo de la cadena TMZ, gracias a ti.

Melody tragó saliva. De pronto, el hecho de respirar se le antojaba como sorber un flan con un popote.

Cleo sonrió como el gato de *Alicia en el país de las maravillas*. Sólo había tenido que plantar la semilla, ponerse cómoda y observar cómo el odio crecía.

"No lo entienden", deseaba gritar Melody. "Bekka me traicionó a mí también. Me parezco a ustedes más de lo que se imaginan. No miren mi cara proporcionada. ¡Mírenme a los ojos! ¡Sé lo que se siente cuando te juzgan!". Pero su voz, la que utilizaba para cantar en recitales y protagonizar musicales antes de tener asma, la había abandonado. Se había enroscado en posición fetal al fondo de su garganta, asustada de salir al exterior. Asustada de que se burlaran de ella y la acorralaran una vez más.

—Melody está de nuestra parte, se los aseguro —declaró Jackson.

—¡Sáquenla de aquí! —gritó Big Foot.

—No —terció uno de los hermanos J. Crew—. Que se quede. Tenemos que echarle un ojo.

—¿Qué tal un colmillo? —propuso otro de los hermanos mientras lamía una chuleta.

Sus amigos aullaban de risa.

Melody se agarró del brazo de Jackson para recobrar el equilibrio. Él encendió el ventilador y se refrescó la cara.

—¡Basta! —Frankie soltaba chispas—. El enemigo no es Melody, ¿de acuerdo? Es Bekka.

—¡Pues entonces trabajan juntas!

—¡No es verdad! —aseguró Melody.

—¡Demuéstralo!

—¡Sí! ¡Que lo demuestre!

Frankie dio una palmada.

—Chicos, no importa, porque...

—Yo puedo demostrarlo —interrumpió Jackson.

—¿Cómo?

—Porque Bekka me persigue a mí también —respondió.

Melody ahogó un grito.

"¿Trata de salvarme, o de hacer que me maten?". Una vez que supieran que Bekka había encontrado el video de Jackson en su teléfono, atarían a Melody al carrusel y pondrían aquella música espeluznante hasta que la cabeza le explotara.

—Vamos —atajó Cleo—. ¿Qué tienes que ver tú con esto?

—Bekka encontró un video en el que aparezco convirtiéndome en D. J. Va a sacarlo en las noticias si Mel... —hizo una pausa, entendiendo de pronto adónde conduciría la explicación—. Si no le digo dónde se esconde Frankie.

—¿Cómo lo consiguió? —presionó Cleo.

—¿Cómo lo consiguió? —tartamudeó Jackson—. Mmm...

"Ay, Dios mío. Ay, Dios mío. Ay, Dios mío. Tengo que ser valiente. Tengo que confesar. No puedo asustarme. Tengo que decirlo. Voy a..."

—Mi teléfono —soltó Jackson de sopetón—. Se me cayó en el baile y Bekka lo encontró.

Los hombros de Melody volvieron a encajar en sus respectivos huecos. "¿De verdad acaba de hacer eso por mí?". Le apretó la mano para agradecérselo. Jackson le respondió con otro apretón: "De nada".

—Perfecto. Caso cerrado. Pasamos página —sentenció Cleo—. Hora de volver a nuestra vida normal.

—¿Y cómo se supone que vamos a hacerlo? —preguntó Billy—. Ahí afuera hay una caza de monstruos de marca mayor.

Cleo resopló con fuerza. Su flequillo efectuó la onda correspondiente y regresó a su posición.

—No sé. Frankie, ¿y si tu padre te desmonta y luego junta las piezas cuando se olvide este asunto?

Las amigas de Cleo se taparon la boca para reírse.

—¿Y qué pasa conmigo, eh? —intervino Jackson, refrescándose la cara con el ventilador—. ¿Quién va a desmontarme a mí?

"¡Bien dicho!", pensó Melody, y le apretó la mano.

—Preguntaré a mis empleados si te pueden conservar unos cuantos años —sugirió Cleo mientras encogía los hombros como diciendo: "¿Es que hay algo más fácil?".

Sus amigas soltaron otra risita. Melody sintió ganas de agarrar las probetas de la cubierta de acero y lanzárselas a la cabeza.

—Nunca estás de acuerdo en nada. Más que la reina del Nilo, pareces la reina del No —se mofó Jackson.

"¡Bien!". Melody le dio otro apretón.

Todos los presentes se morían de la risa.

Cleo toqueteó sus pendientes de aro con regia indiferencia.

—¡Chicos! —por fin, Frankie interrumpió la discusión—. ¡Da igual! Nada de esto importa. Porque voy a entregarme.

Se escuchó un grito ahogado.

—¡Estás loca!

—¿Lo saben tus padres?

—¿Puedo quedarme con tu maquillaje?

—¡Es un suicidio!

—Es lo mejor. La policía me busca a mí, no a ustedes —explicó Frankie como una auténtica heroína. De no haber sido por las yemas de sus dedos, que lanzaban chispas, nadie habría reparado en lo nerviosa que estaba—. Bekka no parará hasta hacerme pagar por haber tenido relaciones amorosas con Brett, así que...

—¡Hurra! —vitoreó con un susurro la atractiva chica de la bufanda de pelo—. ¡Muy bien, Frankie, bravo!

Las amigas de Cleo, en silencio, empezaron a aplaudir a Frankie y a su beso letal. Con un gesto de frivolidad muy necesitado, se puso de pie sobre la mesa de operaciones e hizo una reverencia.

—¡Basta! —gritó Cleo—. ¡Que nadie se mueva! ¡*Sissette* desapareció!

Todos apartaron la vista de Frankie.

—¡Mi pulsera! La serpiente. ¡Anda suelta!

Comenzó una búsqueda frenética.

—Puede que sea el momento de marcharnos de aquí —musitó Melody en medio del caos. Jackson asintió y alargó la mano hacia la ventana.

—¡Atrapen a la serpiente! —vociferó la australiana, que señalaba un terrario. El reptil se deslizaba hacia arriba por un lateral del tanque.

Frankie se bajó de un salto de la mesa de operaciones.

—Agarren *eso* antes de que se coma a las fashionratas.

—¡*Eso* es *ella*! —siseó Cleo mientras corría hacia la serpiente.

Deuce se precipitó hacia Sissette y, ahuecando las manos, la agarró.

—¡Que todo el mundo cierre los ojos! —advirtió.

A toda prisa, Frankie sacó a las cinco rutilantes roedoras de la jaula y las besó en la cabeza.

Melody y Jackson se olvidaron de la ventana y obedecieron sin rechistar.

—Ya no hay peligro. Pueden abrirlos —anunció Deuce.

Volvió a colocar a la serpiente en el brazo de Cleo mientras las amigas de ésta observaban con envidia. Cleo le besó en la mejilla con dulzura.

—¿Era una serpiente viva? —susurró Melody a Jackson.

—Ajá —mascculló él en respuesta.

—¿Y ahora es de piedra? —susurró de nuevo ella.

—Sí. Seguro que Deuce lo hizo con la mirada —masculló Jackson cubriéndose los labios con la mano.

Melody asintió, comprendiendo al fin por qué Deuce se había puesto nervioso cuando ella le quitó las gafas de sol en el baile.

—Eh, Frankie, ¿lo entiendes ahora? —preguntó Cleo subiendo la voz para que todos la oyeran.

—¿Qué?

—Invitar aquí a una normi es como pedirle a mi serpiente que salga a divertirse con tus ratones.

—Son ratas —puntualizó Frankie.

Cleo estampó el pie contra el suelo y señaló a Melody.

—De acuerdo, ¡y ésa es una soplona!

En ese instante, las luces se encendieron de golpe. Presas del pánico, todos los presentes se apresuraron a salir por la ventana y a regresar corriendo a casa sin intercambiar una palabra de despedida.

Corriendo de la mano de Jackson por el barranco empapado y oscuro, Melody debería haber ido saltando de alegría sobre los troncos caídos, brincando sobre los charcos. Al fin y al cabo, Frankie iba a entregarse. Bekka destruiría el video de Jackson. No más mensajes tictac... tictac... tictac... Asunto terminado.

Aun así, las piernas le pesaban hasta el punto de que apenas conseguía mantener el ritmo. Como en sus sueños, en los que corría sin moverse del sitio, le daba la impresión de no avanzar. Era demasiado rara para Beverly Hills; demasiado normal para Salem. Demasiado rara para los normis; demasiado normal para los RAD.

Melody quería dejar de correr. Quería derrumbarse sobre una pila de hojas suaves y clavar la vista en el cielo sin luna. Permitir que las nubes la cubrieran hasta hacerla desaparecer. Renunciar a sus sueños y entregarlos al viento. Pero, cada vez que se rezagaba, Jackson tiraba de ella y la obligaba a seguir.

CAPÍTULO 7

UNA VENTANA A LA OPORTUNIDAD

Frankie se despertó con la cara apretada contra el cristal de la jaula de las fashionratas. Y no porque necesitaran consuelo. La amenaza de Sissette había desaparecido en el momento en que Deuce la volvió a convertir en piedra. Además, la atronadora tormenta había cesado poco después de que la luz regresara. Así que las relucientes ratas dormían plácidamente, apiñadas entre sí como donas espolvoreadas con virutas de colores en una caja transparente. En esta ocasión, era Frankie quien necesitaba consuelo. El hecho de entregarse suponía que tal vez no volviera a ver a sus padres. Que nunca iría al baile de gala del instituto, ni a la universidad. Nunca conduciría un coche o volaría en avión. No sería la consejera delegada de Sephora, ni pasaría sus vacaciones en las Bahamas. Y lo peor de todo: nunca disfrutaría de un apasionado beso, de los que derretían las costuras, como el que se había dado con Brett.

Sí, la decisión de confesar la verdad había sido un tanto impulsiva. Se había dejado llevar por la abrumadora gratitud que sintió cuando sus amigos, a escondidas, acudieron a verla para darle su apoyo. Pero si eran capaces de arriesgar sus vidas por Frankie, ¿no debería ella arriesgar la suya por ellos? Especialmente porque, para empezar, ella era la culpable de la caza de monstruos. Y más especialmente aún porque el riesgo por parte de Frankie acabaría con la investigación policial y devolvería a los RAD la libertad. Siempre que entendieran por "libertad" el hecho de ocultar sus respectivas pieles, colmillos, escamas, serpientes, sudor e invisibilidad. Porque Frankie no opinaba de ese modo.

—No puede ser más irónico —mascullló mientras volvía a colocar la jaula de las fashionratas sobre la mesa de acero, junto a su cama—. Luchaba por la libertad, y ahora tengo menos que cuando empecé. Y sólo puede ir a peor.

Las ratas movieron nerviosamente sus hocicos rosados.

—Gracias —Frankie trató de sonreír—. Yo también las quiero.

—¿Con quién hablas? —preguntó su padre, que había entrado sin llamar. Daba la impresión de que el "derecho a la intimidad" se había añadido a la creciente lista de cosas que le habían negado a Frankie, justo después de las miradas a los ojos, la interacción social, la interacción paterno-filial, el celular, el instituto, la televisión, la música, un vestuario electrizante, Internet, accesorios para el dormitorio, velas con aroma a vainilla y aire fresco.

Frankie escondió su nuevo iPhone bajo las mantas.

—Con las ratas —respondió—. Me siento un poco sola, ya sabes.

Viktor no contestó. En vez de eso, enfundado en su bata blanca de laboratorio, fue arrastrando los pies por el linóleo con sus gastadas zapatillas y reunió su instrumental.

—¿Qué haces? —preguntó Frankie. ¿Acaso la sugerencia de Cleo, la de desmontar a Frankie hasta que todo el asunto se hubiera calmado, se había filtrado de alguna manera a través de las paredes y había llegado al subconsciente de su padre mientras éste se recargaba?

—Voy a fabricar un perro guardián —repuso Viktor, soltando de golpe sus herramientas sobre la mesa de operaciones.

A toda prisa, Frankie recogió las mantas (y el iPhone de contrabando) y las arrojó al otro extremo del laboratorio, junto a la ventana. En el exterior, el sol brillaba. Aún quedaba esperanza.

—¡Electrizante! Te ayudaré —se ofreció.

—No es necesario —dijo su padre a la pila de artilugios metálicos sobre la mesa de operaciones—. Hoy prefiero trabajar a solas —encendió la lámpara cíclope, negándose a levantar sus pesados párpados y mirar a su hija.

—Si quieres, puedo teñir el pelaje del perro, o algo por el estilo —insistió Frankie—. ¿Qué te parece rosa con corazones verdes? ¿No sería una monada?

Él soltó un sonoro suspiro y se pasó una mano por el pelo.

—*Papá* —suplicó Frankie, tirando de la gruesa manga de la bata blanca de Viktor—. Mírame.

Viveka entró con un humeante tazón de café para su marido.

—Hoy tu padre necesita trabajar solo —descalza y envuelta en una bata de felpa negra, daba la impresión de que tenía gripe. Su piel radiante se notaba apagada. Sus ojos color violeta estaban enrojecidos. El cabello negro se le había encrespado. Con delicadeza, colocó el tazón al lado de su marido. Anhelando un recordatorio de la vida tal como había sido, Frankie se inclinó hacia Viveka e inspiró, ansiosa por sentir el olor a gardenia del aceite corporal de su madre. Pero el dulce aroma había desaparecido.

—¿Por qué tiene que trabajar solo?

—Porque mover cosas en el laboratorio lo ayuda a librarse del estrés —explicó su madre, aún mirando hacia el suelo.

—El estrés que yo le he causado, ¿verdad?

Al igual que en el caso de Viktor, los ojos cansados de Viveka escudriñaron el laboratorio… la mesa… las herramientas… deseando aterrizar en lo que fuera, excepto en Frankie.

"¿Verdad?"

Ambos miraron hacia abajo.

"¿Verdad?". Frankie soltó chispas. Su angustia rebotaba contra las paredes desnudas. Sus padres permanecían en silencio.

—¡Digan algo! ¡Díganme que están furiosos! ¡Díganme que armé un buen lío! ¡Digan que ya no me quieren! DIGAN. Algo. Lo que sea.

El miedo y la frustración se fusionaron y, colándose en las entrañas de Frankie, formaron una doble hélice de rabia. Ésta se dirigió en espiral hasta el centro mismo de su ser y zarandeó sus cimientos. Incapaz de controlarse por más tiempo, Frankie arrastró con el brazo el instrumental de Viktor, que cayó sobre el suelo con un estrépito tremendo.

Viktor se quedó con la mirada fija. Viveka se frotó la frente. Frankie sollozó.

Por fin, Viveka miró a su hija a los ojos.

—¿Cómo se te ocurre pensar que no te queremos, Frankie? Si nos sentimos de esta manera es precisamente porque te queremos.

La ansiada aproximación atravesó el núcleo de Frankie como una descarga de energía.

—Lo que pasa es que hay mucho en juego… —Viveka colocó su mano sobre la de Viktor—. Somos científicos, y como no existe una ciencia que te pueda mantener a salvo, estamos desbordados y…

—Bueno, pues ya no tienen que preocuparse —repuso Frankie con una sonrisa valiente. Recogió las herramientas esparcidas por el suelo y las apiló delante de su padre—. Voy a entregarme.

—¡De ninguna manera! —tronó Viktor, golpeando el puño sobre la mesa. La pila de instrumentos tamborileó.

—Frankie, cariño, ¿qué intentas demostrar? —preguntó Viveka, cuyos ojos helados se derritieron hasta convertirse en agua.

—No intento probar nada, mamá —aseguró Frankie, que se preparaba para otro discurso sobre su cruzada por el cambio y la libertad. Pero se interrumpió por miedo a parecer Buffy, en la séptima temporada. La que hubiera sido una asesina de lo más divertida podría haber matado de aburrimiento a los vampiros con sus sermones puritanos. Hasta tal punto que Frankie empezó a utilizar los DVD como posavasos para los esmaltes de uñas—. Sólo quiero hacer lo que está bien.

—Es una noble decisión —terció Viktor, colocando las palmas en la mesa y mirando a Frankie—. Pero si de veras quieres hacer lo que está bien, piensa antes de actuar. No únicamente en ti o en tu misión, sino en la gente que podría sufrir las consecuencias.

—A eso me refiero —insistió Frankie—. Si me entrego, ayudaré a todo el mundo. Este asunto se acabará.

—Pero no te ayudarías a ti misma. Correrías un grave peligro —puntualizó Viktor—. Y nosotros sufriríamos.

Esta vez, Frankie apartó la mirada.

—Llené tu cerebro con quince años de conocimientos —prosiguió Viktor—. Lo que hagas con ellos depende de ti. Pero te ruego que tus decisiones no sean peligrosas. El hecho de entregarte podrá ser noble, pero también arriesgado.

Viveka asintió en señal de acuerdo.

—¿Y si le dejamos a tu padre un poco de espacio para que mueva sus cosas? Apuesto a que cuando el perro esté fabricado...

La ventana esmerilada se abrió de golpe y, acto seguido, se cerró.

—¿Interrumpo? —inquirió una voz de chico.

—¿Billy?

—Sí —respondió él con timidez.

—¿Billy Phaidin? —preguntó Viktor, que obviamente lo conocía por las reuniones de los RAD.

—Sí, mmm, hola, señor y señora Stein —Billy recogió una de las sábanas de Frankie y se la enrolló alrededor—. Estoy aquí —una figura que recordaba a un burrito mexicano se acercó a ellos lentamente—. Sé que no está bien entrar a escondidas en las casas. Y quiero asegurarles que jamás haría nada depravado o que pudiera asustar a alguien.

Frankie soltó una risita.

—Lo que pasa es que no quería atraer la atención hacia la casa al llamar al timbre, pues le abrirían la puerta a un chico invisible. Pero tenía que hablar con ustedes —explicó Billy—. Bueno, con los tres.

Viktor arqueó sus gruesas cejas y le lanzó una mirada expectante.

—Sé cómo evitar que Frankie se entregue —anunció Billy.

"Oh-oh."

—¿Cómo sabes que iba a entregarse? —se interesó Viveka.

—Mmm, yo...

—Debe de haber entrado por la ventana cuando se los estaba contando —soltó Frankie de sopetón.

—Es verdad —convino Billy—. Me costó bastante entrar, así que escuché parte de la conversación. Durante el verano engordé varios kilos, sobre todo en los muslos. Puede que no se hayan fijado porque esta sábana me hace más delgado, pero...

Viktor se rascó la nuca.

—Bueno, si te acabas de enterar, ¿cómo es que se te ocurrió...?

—A ver, cuéntanos tu plan —sugirió Frankie a toda prisa, dando el interrogatorio por concluido.

—Píntenme de verde y vístanme con ropa bonita para que todos me tomen por Frankie. Me entregaré, me quitaré la pintura y dejaré allí la ropa. Volveré a ser invisible y podré escapar sin problemas.

Frankie esbozó una sonrisa radiante.

—¿Piensas que mi ropa es bonita?

—*¡Frankie!* —exclamó Viveka—. Esto va en serio.

Viktor cruzó los brazos sobre su bata de laboratorio.

—Si la policía piensa que Frankie escapó, ¿no seguirán buscándola?

—No, si antes de irme también dejo un puñado de tornillos y costuras. Pensarán que se rindió y se descuartizó a sí misma —repuso Billy—. Luego, Frankie sólo tiene que quitarse las mechas, ponerse el maquillaje, volver a vestirse como un hombre y regresar al instituto. Los normis no tendrán ni idea de que es la chica que anduvo con... Bueno, me refiero a que, en lo que a ellos respecta, Frankie no es más que otra alumna con piel de normi. Y no el misterioso monstruo verde que perdió la cabeza en el baile.

—Mmm —Viktor reflexionó sobre la teoría de Billy.

Viveka suspiró.

—No sé. ¿Qué dirían tus padres? Nuestros amigos nos culpan por poner en peligro a sus hijos. No es sensato.

—No pasa nada. Les parece bien. Ya les...

Frankie propinó un codazo al burrito de la sábana.

—Eh, sí, tiene razón —Billy decidió dar marcha atrás—. Les pediré permiso antes, por supuesto. Pero que conste que mi padre me deja entrar a escondidas en la cocina de KFC, el restaurante de pollo frito, para averiguar cuáles son las siete especias secretas que utilizan para el rebozado. Y, una vez, mi madre me hizo seguir a la tesorera de la Asociación de Padres de Alumnos para comprobar si robaba los fondos. Así que están de acuerdo con este tipo de cosas, siempre que sea para una buena causa.

—¿Lo harías por nosotros? —preguntó Viveka.

—Con una condición —repuso Billy.

—¿Cuál? —preguntó Viktor.

—Que permitan luchar a Frankie.

Frankie sonrió. Sabía exactamente a qué se refería.

—¿Cómo dices?

Billy se acercó a los padres de ella.

—Frankie quiere cambiar las cosas. De las personas que conozco, es la única lo bastante valerosa para llevarlo a cabo —afirmó él—. Llevo mucho tiempo esperando a alguien como ella. Igual que todos nosotros. Les pido que le den permiso para hacerlo.

—Es una guerra que no podemos ganar —argumentó Viktor—. Hazme caso. Todo el mundo lo ha intentado, de una u otra manera. Y hemos perdido.

—Con todos mis respetos, señor. Nuestros padres han perdido. Nosotros, no —declaró Billy—. Pero hemos crecido escuchando esas historias de terror, de modo que nos asusta pasar a la acción. Hasta ahora. Hasta que llegó Frankie. Permitan al menos que lo intente.

Viktor y Viveka suspiraron al unísono. Si hubieran estado sujetando la bandera blanca de la rendición, con la fuerza de su aliento habría salido volando.

Frankie colocó una mano en el hombro de Billy y le dio un apretón en señal de agradecimiento. "¿Quién se iba a imaginar que estaba tan fornido?". Empezaba a adorar a aquel chico, la verdad. Se suponía que eran los padres de Frankie quienes tenían que idear métodos para salvarla. Era asunto de ellos, y no de Billy. Aun así, su amigo lo seguía haciendo una y otra vez.

—Creo que podría preparar una cara de Frankie en unas dos horas. Aún tengo el molde —comentó Viktor.

—¡Uf! Da miedo —Frankie se estremeció.

—Y te puedo prestar mi peluca para los días de pelo rebelde —se ofreció Viveka.

—¿Tan fácil es reemplazarme? —preguntó Frankie, ligeramente ofendida.

—Todo lo contrario —Viktor rodeó la mesa hasta llegar al otro lado y abrazó a su hija. Desprendía un olor a café y a alivio—. Por eso vamos a seguir el plan.

—Entonces, ¿les parece bien? —preguntó Billy.

—Siempre y cuando nos mantengan informados de cada paso que den —concedió Viktor—. Si van a "luchar", necesitan pensar las cosas detenidamente y tener paciencia porque, debo advertírselos, la batalla va a ser larga y agotadora.

—¡Electrizante! —exclamó Frankie, acogiendo a todos entre sus brazos para un abrazo común—. Esta vez no los defraudaré, lo prometo —de pronto, se apartó de ellos y salió disparada hacia la ventana.

—¿Adónde vas? —preguntó su padre.

—Por mi teléfono. Tengo que enviar un mensaje a Melody para contarle el plan. Tiene que llevar a FrankiBilly hasta Bekka y...

—¿De dónde sacaste ese teléfono? —preguntó Viveka.

Frankie se detuvo y se giró hacia el burrito de la sábana con una sonrisa de megavatios.

—Apareció como de la nada.

Por primera vez en lo que parecía una eternidad, sus padres le devolvieron la sonrisa.

CAPÍTULO 8
¿TERRITORIO AMIGO O ENEMIGO?

Tumbada en la isla arenosa de su dormitorio —una rodilla hacia arriba, un brazo inerte abandonado sobre la mansa corriente del Nilo—, Cleo disfrutaba de un domingo casi perfecto. Caldeada por los rayos de sol y abanicada por el lento vaivén de los juncos, exhaló un hondo suspiro. Exceptuando que ocasionalmente extendía la mano para dejar que el refrescante río de aguas rojizas le pasara entre los dedos, había permanecido inmóvil desde hacía horas.

Los demás moradores del palacio estaban durmiendo una siesta para recuperarse de la jaqueca que Deuce les había provocado al petrificarlos. Pero Cleo no conseguía librarse de su propio dolor de cabeza. ¿El motivo? La noche anterior una normi había asistido a la reunión de los RAD. Y aún peor, se trataba de la atractiva normi que se había besado con Deuce y era íntima de Bekka. La chica que, mira por dónde, había iniciado la caza de monstruos que se estaba llevando a cabo. Una caza de monstruos que había sembrado el miedo en la comunidad de los RAD, había impuesto un toque de queda en la noche de salida de Cleo y había inducido al sobreprotector padre de ésta a cortar la comunicación por celular con el palacio.

¡Por favor! ¿Es que Melopea había lanzado una especie de hechizo normi a todo el mundo? Saltaba a la vista que tenía una misteriosa influencia sobre Jackson y Frankie. ¿Cómo si no se había adentrado en el círculo de los RAD, tan cerrado, tan protegido? Cleo estaba dispuesta a averiguarlo... más tarde. Por el momento, tenía otras pirámides más altas que escalar.

Retirando levemente el triángulo de la parte superior de su bikini color bronce, comprobó la raya de bronceado. Ambos tonos de marrón —oscuro y más oscuro— la hicieron ver que estaba preparada. Tras varios días de lluvia —que ralentizaba la secreción de melatonina—, la exótica piel de Cleo había reivindicado su tono favorito: café con leche, corto de leche. El momento había llegado. Tenía que desfilar en un pase de modelos para sus amigas, con la colección de joyas de la tía Nefertiti, en menos de una hora. Si se retrasaba, su bronceado perdería intensidad.

Tras una rápida aunque minuciosa aplicación de su aceite corporal con aroma a ámbar, Cleo se enfundó un vestido ajustado de color arena, se calzó unas sandalias de piel con plataforma y se enroscó a *Sissette* en el brazo. Temerosa por hacer demasiado ruido al andar, atravesó el palacio de puntillas y se apresuró a salir a la calle, donde le aguardaba una tarde soleada.

Caminando a grandes pasos por la manzana con su iPhone elevado en dirección a los dioses, Cleo emplazó a los íconos de su pantalla a que regresaran. Una vez que llegó a la mitad de la calle, cerca de la casa blanca de estilo campestre de Jackson, una sinfonía de sonidos tintineantes la alertaron de que había vuelto a la acción. Tenía siete mensajes de texto.

"¡Gracias a Geb!"

Para: **Cleo**

27 sept., 9:03

DEUCE: ¿YA SE DESPERTÓ TU PADRE? ¿QUÉ TAL LA CABEZA?

Para: **Cleo**

27 sept., 9:37

CLAWDEEN: ¿LLEGASTE BIEN A CASA? MIS HERMANOS Y YO ENTRAMOS JUSTO ANTES D Q PAPÁ S LEVANTARA PARA HACER LA RONDA. ¡UF! TENEMOS MUCHO Q COMENTAR. MELOPEA; LA CONFESIÓN D FRANKIE; *SISSETTE*, Q CASI SE COME A LAS RATAS. ¡ME PARTO! ¿QUIERES SALIR? DND NO NOS VEAN. NCESITO DEPILARME CON CERA. X CIERTO, ANOCHE NO RECIBÍ TU MENSAJE HASTA MÁS TARDE. ¿QUÉ PASA CON ESAS JOYAS? ENSÉÑAMELAS. AH, Y ME ENCANTA MI DESPEDIDA. #######

Para: **Cleo**

27 sept., 10:11

LALA: ACABO D VER TU SMS DE ANOCHE. ME MUERO X VER LAS JOYAS. ¿QUÉ HACES? EL TÍO VLAD DICE Q M VE PÁLIDA. INSISTE EN Q COMA UN FILETE. DICE Q LA "V" D VAMPIRO NO ES LA "V" DE VERDURAS. SE MORÍA D RISA CON SU ESTÚPIDO CHISTE. VOY AL HERBOLARIO X SUPLEMENTOS DE HIERRO. ¿QUIERS VENIR? TB TENEMOS Q HABLAR D ANOCHE. FRANKIE VA A CONFESAR. ¡ELECTRIZANTE! (ES BROMA) :::::::::::::::

Para: **Cleo**

27 sept., 10:16

BLUE: ANOCHE CDO VOLVÍA A CASA M VIO MI TÍO. PENSÓ Q TRAMABA ALGO AL VER MI CAMA VACÍA. SE PUSO FURIOSO HASTA Q LE DIJE Q ESTABA FUERA,

BAJO LA LLUVIA, MOJANDO MIS ESCAMAS. LE DIJE Q NO ENTENDÍA LO DL TOQUE D QUEDA. Q DEBE D SER UNA XPRESIÓN D STE PAÍS. SE LO TRAGÓ COMO 1 WOMBAT UNA NSALADA. ¿QUÉ HACEMOS HOY? ¿CREES Q FRANKIE SEGUIRÁ ADELANTE CON SU CONFESIÓN? IGUAL S ARREPIENTE Y S RAJA. STOY DESEANDO VER TUS PEDRUSCOS. DEBEN D SER LO MÁS. @@@@@@@

Para: **Cleo**

27 sept., 11:20

LALA: ACABO D VOLVER DL HERBOLARIO. REGALABAN MUESTRAS D HELADO D QUÍNOA. ÑAM. VOY A KSA D FRANKIE A ENTERARME D LS NOTICIAS. ¿NOS VEMOS ALLÍ? ::::::::::::::::

"¿A casa de Frankie?"

Para: **Cleo**

27 sept., 11:22

BLUE: VOY A REUNIRME CON EL GRUPO N KSA D FRANKIE. ¿VIENES? @@@@@@@

Para: **Cleo**

27 sept., 11:23

CLAWDEEN: ¿DND STÁS, GATITA? ¿NS VEMOS N KSA D FRANKIE? STAMOS N LA PARTE D ATRÁS. #######

"¿EN CASA DE FRANKIE?"

Cleo no tenía ni idea de qué estaban hablando. Y menos idea todavía de cómo se habían enterado de algo antes que ella. Y mucha menos idea de por qué Frankie no le había dicho nada. Aun así, con cada golpeteo de sus tacones de madera sobre la acera desierta de Radcliffe Way se acercaba más y más a las respuestas.

Echándose hacia atrás su melena negra y haciendo oscilar sus hombros relucientes, Cleo recorrió el callejón sin salida a paso de marcha y rodeó la fortaleza en forma de "L" con la seguridad en sí misma que había ido acumulando. Un revoltijo de cables formaba una barrera entre el mundo exterior y el compacto rectángulo de altos setos que cercaba la vivienda. Avanzó con sigilo a lo largo del tupido perímetro arbolado y aguzó el oído en busca de voces susurrantes, pero un escandaloso ruido de agua ahogaba cualquier otro sonido. "Y ahora, ¿qué?".

Otro texto le llegó con un tintineo, justo a tiempo.

Para: **Cleo**

27 sept., 12:43

CLAWDEEN: PASA X DBAJO D LS CABLES Y ATRAVIESA EL SETO. NO ES TAN ESPESO COMO PARECE. #######

Siguió las instrucciones y fue a dar a un impecable camino de losetas. El ruido del agua aumentó en intensidad a medida que Cleo seguía el camino a través del frondoso laberinto.

—¡Santa madre de Isis! —masculló al llegar al final.

Una enorme cascada con forma de herradura se desplomaba desde un acantilado de cinco metros de altura y aterrizaba violentamente en una piscina de espuma y burbujas. Con una sola vez que se metiera en aquella marmita capaz de arrancar la piel, Cleo saldría hecha un esqueleto.

Aun así, Blue estaba tumbada en lo alto de la cascada. Extendía sus piernas cubiertas de escamas sobre una de las piedras planas y chapoteaba alegremente bajo la llovizna de colores mientras las demás chicas se encontraban acostadas boca abajo sobre el recortado césped, a la derecha de la piscina. Todas tenían una toalla amarilla. Todas sonreían con satisfacción. Podrían haber estado posando para un cuadro titulado: *Seguimos adelante sin contar contigo.*

—¿Qué tal? —preguntó Cleo con fingida camaradería. Al menos, estaba bronceada, lo que siempre le proporcionaba un empujón de confianza.

Clawdeen se incorporó.

—Hablábamos de mi fiesta de cumpleaños: dieciséis años, la flor de la vida. Las invitaciones salen el lunes.

—Ya lo sé —replicó Cleo—. Te ayudé a escribir las direcciones en los sobres, ¿no te acuerdas?

—Este sitio es espectacular, ¿verdad? —comentó Lala con acelerado nerviosismo—. Es un generador de electricidad suplementario. Hay turbinas detrás de las rocas. Los Stein lo utilizan para no llamar la atención con facturas de electricidad demasiado altas. Ven, siéntate —dio unos golpecitos en la hierba y sonrió de oreja a oreja, dejando sus colmillos al descubierto—. También es el lugar perfecto para chismear, porque nadie oye nada —añadió mientras envolvía su cuerpo, permanentemente frío, con una toalla.

Cleo permaneció de pie.

—¿Qué haces aquí? —Frankie se incorporó de un impulso. Sus mechas blancas habían desaparecido, y su piel volvía a estar maquillada del color de los normis. De pronto, Cleo se sintió como si ella misma fuera la monstruo de color verde.

—Tengo una pregunta mejor —Cleo se puso a girar a *Sissette*—. ¿Qué *no* estoy haciendo aquí? ¿Por qué tuve que enterarme de esta agradable reunión por mis amigas?

Clawdeen y Lala intercambiaron una mirada incómoda y también se incorporaron. Blue agitó la mano con aire inocente desde lo alto de la cascada; su coleta rubia oscilaba alegremente. Saltaba a la vista que, por culpa del estrépito del agua, no oía ni una palabra de lo que estaban diciendo.

Frankie se alisó su vestido rosa pálido y levantó la mirada, protegiendo sus ojos del sol.

—Tenía buenas noticias sobre... ya sabes, mi confesión, y quería comentarlas —se encogió de hombros para demostrar que el asunto era así de sencillo.

—¿Y...? —Cleo entrecerró los párpados; los rabillos de sus ojos seguían deliciosamente definidos tras la sesión de bronceado de la mañana.

—Y... y pensé que no te interesaría.

—¿Y por qué no, a ver? —preguntó Cleo cerrando los párpados un poco más.

—Anoche te opusiste a todo lo que se dijo, y pensé que no te importaba —explicó Frankie, sin mostrarse acobardada en lo más mínimo.

—Ponme a prueba —murmuró Cleo, agachándose para sentarse al borde de la toalla de Clawdeen.

Le contaron el plan de FrankiBilly con un irritante exceso de emoción. Era un plan inteligente, y así se lo hizo saber a las chicas. Pero, en serio, ¿cuánto tiempo más tenía que fingir interés hasta poder contarles lo de la sesión de fotos para *Teen Vogue*? ¿Treinta segundos? ¿Cuarenta y cinco? ¿Sesenta? Todo lo que pasara de ahí provocaría que se lanzara a la cascada y se electrocutara a sí misma... suponiendo que tal cosa fuera posible.

—Confiemos en que Melody consiga ver a Bekka antes de que acabe el plazo —comentó Frankie mientras consultaba la hora en su iPhone.

—¿Melody? —espetó Cleo—. ¿Qué tiene ella que ver con este asunto?

—Es quien va a llevar a FrankiBilly hasta Bekka —explicó Clawdeen—. ¿Qué no escuchaste?

—Ah, sí —mintió Cleo—. Pero no entiendo por qué todo el mundo confía en ella.

Frankie, Clawdeen y Lala se quedaron mirando a Cleo sin comprender. Blue chapoteaba risueña en la distancia.

—¡Es una normi! —protestó Cleo—. Ellos sembraron el odio y la propaganda en contra de nosotros con sus películas de terror sensacionalistas, sus modernas sagas de novelas, sus degradantes disfraces de Halloween y sus temas patéticos para los bailes de instituto, como eso de la "invasión de los monstruos" —los ojos de Cleo empezaron a destilar las lágrimas de una pasión que ella misma desconocía albergar.

—Melody no es como los demás normis —aseguró Lala—. Intenta ayudarnos.

—No seas idiota, Lala. Todos son iguales. Los normis llevan siglos explotando a mis antepasados. Transportando nuestras reliquias familiares a los museos para que los pretenciosos amantes del arte puedan soltar "ohs" y "ahs" ante los logros de los habitantes del Antiguo Egipto y nuestras excepcionales habilidades artísticas. A la salida, en la tienda de regalos, compran un libro de esos de adorno sobre Tutankamón y se quejan de que ya nadie presta atención al detalle. Y eso es lo más alucinante. Porque no buscan una habilidad artística increíble, ni hablar. Quieren objetos corrientes como los de cualquier almacén de decoración. Da igual lo que los normis puedan decir en los museos: lo diferente no les gusta. A ver, ¿me están escuchando? ¿Vieron los episodios de *The Hills*, la caja con la serie completa? Mira, Frankie, tu padre podría fabricar una hermana para ti con los restos de piel que los cirujanos plásticos tiran a la basura en ese estúpido *reality.* ¿Y saben quién se crió en Hills?

Las chicas siguieron mirándola fijamente.

—*¡Melody!* Melody viene de allí —prosiguió Cleo, cuya voz se quebraba bajo el peso de su propia convicción.

—Bueno, no creo que *The Hills* tenga que ver con Beverly Hills —apuntó Lala con el máximo respeto—. Me parece que la serie está ambientada en Hollywood Hills, el lujoso barrio de Los Ángeles. Pero resulta confuso, tienes razón.

Cleo reprimió el impulso de lanzarse a la chica vampiro y tirarle del pelo a mechas rosas hasta que gritara de dolor.

—Bueno, venga de donde venga, puso a Jackson en mi contra. ¿Oyeron lo que me dijo anoche? Me llamó "reina del No". ¡Qué original!, ¿verdad? —se mofó—. Ni a un normi se le ocurriría una respuesta tan ingeniosa.

El iPhone de Frankie emitió un sonido.

Las chicas se acercaron a la pantalla, a todas luces agradecidas por la interrupción.

—Melody y FrankiBilly acaban de llegar a casa de Bekka —informó Frankie.

Las chicas chillaron con frenética impaciencia. Cleo puso los ojos en blanco. Se suponía que iban a chillar por su noticia sobre *Teen Vogue.* Y no por las aventuras de Melopea.

—Buena suerte —dijo Frankie al tiempo que tecleaba—. Manténganos al tanto.

Pulsó "Enviar" y las chicas chillaron de nuevo.

Minutos después, llegó la puesta al día.

—"Bekka está en el hospital, visitando a Brett" —leyó Frankie—. "Vamos para allá. Queda un montón de tiempo para la hora límite. Todo irá bien. Por cierto, Billy genial".

—¿Y si alguna de nosotras va también al hospital? —sugirió Cleo—. Por si trata de engañarnos.

—No va a engañarnos, ¿de acuerdo? —Frankie lanzó chispas. Clawdeen y Lala bajaron los ojos y, nerviosas, se pusieron a juguetear con los hilos amarillos de sus respectivas toallas.

—¿En serio? —Cleo se echó hacia atrás sobre los codos y levantó la cara en dirección al sol—. Y ahora, ¿quién es la reina del No?

CAPÍTULO 9
PERRO CONTRA HOMBRE

El sol de California había llegado por fin a Oregón y era imposible negar su efecto embriagador. Todo cuanto Candace iba dejando atrás vibraba de vida: coches con restos de lluvia, peatones tomados de la mano, las finas agujas plateadas de los abetos característicos de la zona... Ni siquiera la última amenaza sonora por parte de Bekka había conseguido dar al traste con el optimismo de Melody. Al cabo de unos minutos, salvaría a Jackson y a Frankie. Al cabo de unos minutos, les demostraría a Cleo y a los demás RAD que era digna de confianza. Al cabo de unos minutos, pasaría a la acción. Y un tiempo atmosférico maravilloso había llegado para celebrarlo.

¡Ping!

Otro mensaje de su madre. El tercero en una hora.

Para: **Melody**

27 sept., 13:48

MAMÁ: ¿SE PUSO BILLY EL DISFRAZ? ¿ENCONTRARON A BEKKA?

La política de "sinceridad total" entre Jackson y su madre había movido a Melody a contar a sus padres la verdad sobre el papel que había representado en el escándalo que conmocionaba a la ciudad. Tardó un tiempo en convencerlos de que aquel "asuntillo de los monstruos" no formaba parte de los planes para el estímulo económico de Salem, sino que, de hecho, se trataba de una cuestión muy real. Así y todo, no se arrepentía. Como de costumbre, sus padres le dijeron lo mucho que apreciaban su sinceridad, y juraron guardar el secreto siempre y cuando los mantuviera informados. Pero tres informes en una hora resultaban un tanto excesivos. De modo que, sencillamente, respondió: "Aún conduciendo". Y ahí lo dejó.

—¡NUDI al rescaaaate! —vociferó Billy desde el techo corredizo abierto del tremendo coche de los Carver.

Los integrantes de un grupo de ciclistas de montaña giraron sus cabezas —provistas de casco— hacia el todoterreno urbano de color verde, al parecer esperando un desnudo frontal. Desafortunadamente para ellos sólo vieron a Candace, vestida con ropa de camuflaje de marca, que se carcajeaba al volante y entrechocaba palmas con su nuevo mejor amigo invisible. Era la quinta vez que había retado a Billy a que gritara por la ventana. Pero se morían de risa como si fuera la primera.

Un giro brusco por Oak Street propulsó a Melody de un extremo a otro del asiento posterior. Aun así, no tenía intención de criticar la habilidad conductora de su hermana... ni tampoco su sentido del humor. Candace era el único miembro de los NUDI que disponía de permiso de conducir. Y el reloj no dejaba de avanzar.

—¡Eh! —Candace se giró hacia el asiento vacío del copiloto y colocó sus gafas de sol, de montura blanca y extragrande, en lo alto de sus ondulados mechones rubios—. ¿Puedo llamarte InvisiBilly?

—¿Por qué miras ahí? —preguntó Billy desde la tercera fila de asientos—. Estoy aquí atrás.

—¡Me vuelves loca! —Candace dio una palmada en el asiento vacío—. Mira que son rápidos los tipos invisibles.

En el carril derecho, un tipo que conducía una camioneta oxidada agitó en el aire un dedo con una alianza de oro e hizo una mueca. "Atrapado", dijo moviendo los labios en silencio. Luego, se encogió de hombros como diciendo que él se lo perdía.

Candace apartó la vista.

—¡Qué fuerte!

—Deja de ligar con granjeros casados —bromeó Billy.

—Estaba hablando contigo, ¿sabes? —Candace soltó una risita y se giró hacia la parte de atrás.

—¡Eh! —exclamó Billy, regresando a toda prisa al asiento delantero—. Ya estoy aquí.

—¡Me encanta! —gritó Candace a voz en cuello al tiempo que hacía sonar el claxon.

Melody se inclinó hacia delante y agarró a su hermana por el hombro.

—¡Candace! —exclamó. Ya no le importaba ofender a la conductora—. Deja de tocar el claxon. El hospital está sólo a una manzana. ¡Es zona de silencio!

—En ese caso, ¿por qué me gritas? —preguntó entre susurros.

Varios camiones de noticias de color blanco —todos ellos con antena parabólica en el techo y el logotipo de una cadena de televisión en el lateral— se apiñaban tras la cinta policial como *paparazzi* excluidos de la alfombra roja.

—¿Seguro que éste es el pabellón de psiquiatría? —preguntó Melody, conmocionada por la embestida de gente que se precipitaba hacia la entrada. Pocos parecían familiares preocupados; casi todos debían de ser reporteros.

Una copia impresa de un mapa del hospital flotaba sobre el asiento del pasajero.

—Edificio E —confirmó Billy.

—Claro, "E" de estrafalario —repuso Candace, que recorría fila tras fila del abarrotado estacionamiento en busca de un espacio libre.

Una rubia vestida con chaqueta azul eléctrico y falda de tubo a juego se lanzó como una flecha delante del coche con un micrófono pegado a los labios. Un hombre con una cámara a cuestas la seguía a corta distancia.

—Espero que esté corriendo para teñirse las raíces.

—¿Es que toda esta gente vino por Brett? —preguntó Melody.

—Eh, InvisiBilly —Candace bajó la ventanilla del lado del pasajero—. ¿Por qué no le preguntas qué está pasando a esa reportera tan mal vestida?

—Encantado —repuso él con una sonrisa audible—. Perdone, señorita.

Candace se detuvo junto a la reportera. Melody se hundió en su asiento.

—¿Le importaría decirme a qué se debe este alboroto? —preguntó Billy.

Con los labios firmemente cerrados, Candace clavó la vista en la mujer.

—Mmm... —la reportera, sin saber bien adónde mirar, examinó el interior color canela del todoterreno urbano—. Ese chico que vio al monstruo está saliendo del *shock*. Los médicos piensan que va a empezar a hablar.

—Un millón de gracias, tesoro —dijo Billy con voz de bajo profundo.

Las finas cejas de la mujer se levantaron de puro terror.

—¿Qué pasa aquí?

—¿Es que escuchas voces? —preguntó Candace con dulzura.

La mujer asintió.

Candace apretó el acelerador.

—Pues parece que viniste al lugar apropiado —vociferó, carcajeándose mientras se alejaba a toda velocidad.

—¡Chicos! —exclamó Melody entre risas. Cierto que tenían sentido del humor, pero las bromas no eran precisamente la manera más indicada de mejorar la imagen pública de los RAD—. Que yo sepa, el objetivo de los NUDI era enseñar a los normis que no tienen nada que temer.

—Tienes razón —concedió Billy—. No lo haré más.

—Se acabó la diversión —gruñó Candace.

Melody enterró los puños en las largas mangas de su camiseta a rayas y frunció el entrecejo. ¿De verdad le habían prestado atención Candace y Billy?

Después de otros diez minutos en los que estuvo a punto varias veces de atropellar a los reporteros mientras recorría las hileras de coches, Candace se estacionó en una plaza reservada para la doctora Nguyen. O eso, o plantaba el coche en el vestíbulo.

—¡Nos vamos! —Melody agarró su mochila caqui y condujo a los NUDI hasta el edificio E. En cuestión de minutos, el video de Jackson sería destruido. Melody casi podía oler el olor a pinturas al pastel en los dedos de Jackson mientras éste le sujetaba la cara y le daba un beso de agradecimiento. La promesa de aquel beso hacía que sus tenis rosas se movieran a toda velocidad.

Al ser dos chicas tan atractivas, no tuvieron dificultad en ir abriéndose camino a base de coquetear con los reporteros, los estudiantes en espera y los *paparazzi* pegados a un celular. Sin embargo, los fornidos guardias de seguridad —uno a cada lado de las puertas corredizas de cristal—, no parecieron sucumbir a sus encantos.

—Quédate atrás. Ya me encargo yo —susurró Candace al oído de Melody—. Se me dan bien los gorilas.

—¡Candace, no! —advirtió Melody, aunque demasiado tarde. Su hermana se aproximaba al hombre de la izquierda.

—¿Siempre es así? —susurró Billy al oído de Melody. Esta asintió, exasperada.

—Pase de prensa o pase de visitas —gruñó el guardia de seguridad mientras ajustaba el cable ondulado que colgaba de su auricular.

—¡Me desquician! —Melody se mordisqueó la cutícula. Estaban en el pabellón de psiquiatría de un hospital, y no en la fiesta de *Vanity Fair* de la noche de los Óscar. Aunque imaginaba que ambos puntos de reunión no se diferenciaban entre sí gran cosa.

—En realidad, señor, confiaba en que hiciera una excepción conmigo —Candace se quitó las gafas de sol de montura blanca y sonrió con todo el cuerpo. Su traje deportivo de camuflaje sin mangas le sentaba como un guante y le otorgaba la figura de una modelo de ropa interior de escasa estatura—. Verá, necesito urgentemente...

La albóndiga humana levantó la mano para silenciar a Candace.

—Un momento —ladró, apretando su dedo cual salchicha sobre el auricular y bajando los ojos mientras escuchaba. Candace se giró hacia el segundo guardia, pero también tenía la palma en alto.

Melody siguió mordisqueándose la cutícula. ¿Y si no podían entrar? ¿Y si Bekka no salía? ¿Y si Melody rebasaba la hora límite? ¿Y si...?

—Quizá deberías darle la bolsa a Billy y que entre solo —susurró Candace mientras la albóndiga escuchaba... bueno, lo que quiera que ambos guardias estuvieran escuchando—. Para eso es invisible.

—¡Sí, pero la bolsa no es invisible! —replicó Melody con brusquedad.

—Nadie se dará cuenta —señaló Candace—. Es el pabellón psiquiátrico, ¿no?

—Ya usaste esa broma con la reportera. Y ahora, ¿te importa ponerte seria? No es ningún juego...

—Lo siento —se disculpó el guardia de seguridad, fijando su atención en Candace. Su expresión adusta se suavizó y apareció una sonrisa. Era una transformación que Melody había contemplado en miles de ocasiones y a la que llamaba "perro contra hombre". El perro ganaba siempre.

—Eh, Garreth —dijo al guardia a la izquierda de éste—. ¿No es esa chica tan mona que viste antes, la que daba vueltas por el estacionamiento en busca de un sitio libre?

—Puede ser —Garreth asintió—. ¿Conducía un todoterreno verde?

—Sí —Candace sonrió con orgullo—. Es diésel, ¿sabe? Bueno para el medio ambiente.

—Estupendo —el guardia sonrió—. ¿Me enseña alguna identificación?

—Pues claro que sí —Candace se giró e hizo un guiño a Melody mientras rebuscaba en su bolsa metalizada de color bronce—. Aquí tiene.

El hombre examinó el permiso de conducir expedido en California y se lo entregó a su compañero.

—¿Candace Carver? —preguntó el tipo de la derecha.

Ella asintió, orgullosa.

—La misma.

—Entonces, ¿no es la doctora Nguyen?

—¿Eh? ¿Quién es ésa?

—La tenemos —comunicó el guardia al micrófono.

—Tiene tres minutos para agarrar su diésel y marcharse del estacionamiento, o llamamos a la grúa.

Melody bajó la cabeza y la escondió entre las manos.

—Dos minutos —insistió la albóndiga.

—Pero es que no lo entiende —suplicó Candace—. Tenemos que entrar en el hospital.

—Un momento —el guardia se volvió hacia Melody—. ¿Van juntas?

Melody lanzó a su hermana una mirada de telenovela, al estilo de "lárgate-o-te-mato".

—Me piro, vampiro —repuso ella a toda prisa, y salió disparada.

—No, no vamos juntas —mintió Melody—. Yo, mmm, vine a una entrevista para el trabajo —Billy tosió, y Melody propinó un codazo al espacio vacío que tenía a su lado. Escuchó un leve "¡ay!".

—¿Qué trabajo? —se interesó el guardia jurado.

—¡Se está despertando! —gritó alguien (¿un reportero?) desde una ventana del tercer piso.

El gentío que guardaba vigilia rompió en vítores. Las luces de las cámaras se encendieron. Una estampida de periodistas se precipitó hacia las puertas.

—¡Atrás, todo el mundo! —gritó el guardia de la derecha.

—Lo veo muy ocupado, así que mejor me marcho —le dijo Melody.

Y el hombre, por alguna extraña razón, le permitió el paso con un displicente gesto de la mano.

Por cuestión de segundos, Melody y Billy consiguieron escapar del tsunami de la prensa y, a la velocidad del rayo, subieron por las escaleras poco iluminadas hasta la tercera planta.

—¿Funcionará? —preguntó Melody, falta de aliento, mientras la realidad (o, más bien, el riesgo) de lo que estaban a punto de hacer empezaba a quedar patente. Si triunfaban, la caza de monstruos terminaría y la vida regresaría a la normalidad. Pero si fallaban, Jackson, Frankie y ahora también Billy correrían un grave peligro. Y Cleo tendría razón: la culpa sería de Melody.

—No te irás a echar atrás por miedo, ¿verdad? —preguntó Billy.

—Qué va, para nada —mintió Melody, subiendo de dos en dos los escalones del último tramo.

Irrumpieron en la bulliciosa tercera planta y, a escondidas, entraron en el baño de señoras más cercano para preparar a FrankiBilly.

—Si necesitas ayuda, dímelo —indicó Melody al tiempo que deslizaba su bolsa por debajo de la puerta de la cabina.

—Salimos en directo en cinco minutos —gritó alguien desde el vestíbulo.

—¡Directo en cinco minutos! —repitieron otras voces, difundiendo el anuncio.

Minutos después Billy, verde y radiante, efectuó su salida enfundado en el vestido de novia de encaje de la abuela Frankenstein. Melody no daba crédito a lo mucho que se parecía a Frankie la noche del baile. Tenían incluso la misma estatura. Excepto por la nuez pronunciada de su delgado cuello, Billy era la viva imagen de Frankie.

—Mejor será que esperemos hasta que estén grabando —sugirió Melody—. Así todos verán que la misteriosa monstruo verde ha sido capturada, y este jaleo se acabará en un santiamén.

—Buena idea —aprobó Billy mientras comprobaba la firmeza de sus tornillos autoadhesivos.

—¿En serio? ¿Estás convencido de lo que vas a hacer?

Billy asintió con un gesto.

Melody colocó un brazo alrededor de los hombros sorprendentemente definidos de Billy y sonrió al reflejo en el espejo: un monstruo verde y una belleza morena. Así estarían Frankie y ella, como amigas de verdad, un día cualquiera que hubieran quedado para salir. Una junto a la otra, frente al espejo de un cuarto de baño público.

—De veras que la lucha vale la pena —comentó Billy como si le leyera el pensamiento.

Melody estuvo de acuerdo y envió un mensaje a toda prisa.

Para: **Frankie**

27 sept., 14:36

MELODY: PON LS NOTICIAS. SALIMOS N DIRECTO N 5 MIN.

Melody sonrió para sí mientras abría la puerta del cuarto de baño. Tras años de asma y persecución social, otra vez empezaba a utilizar su voz.

Y la gente la iba a escuchar.

CAPÍTULO 10

NO ME ODIES POR SER MONSTRUOSAMENTE GUAPA

Una imagen en alta definición de un chico soñoliento acostado en una cama de hospital surgió de pronto en la pantalla plana de los Stein. En la parte inferior, un texto deslizante anunciaba: "Brett Redding empieza a recobrar el conocimiento tras el espantoso encuentro con un monstruo... Familiares y amigos lo acompañan, en espera de sus primeras palabras".

¡Ahhhhh!

El chillido a cinco voces, cuya potencia podría haber puesto en marcha las hojas de acero del ventilador del techo, se elevó del sofá color carne en forma de "L" e inundó el cuarto de estar.

—¡Me quedo muerta! —Blue cerró de golpe la tapa de su hidratante de árbol de té y plantó las piernas en el regazo de Lala—. Con todas esas flores a su alrededor parece una carroza de carnaval.

—A los normis les encanta el espectáculo —comentó Cleo mientras admiraba sus pies, impecablemente cuidados, desde el confortable asiento de la esquina.

—¡Ñam! Miren ese plato de carne fría —señaló Clawdeen.

—¡Agh! —Lala se estremeció.

—¿Qué pasa contigo? —bromeó Clawdeen—. ¡Bonita manera de desperdiciar tus colmillos! ¿Sabes lo que deberías hacer? —se giró hacia Blue y fingió que la mordía en el hombro—. Pasarte por Outback Steakhouse, el restaurante australiano de carne.

—¡Apártate, chica! —la australiana lanzó su bote de loción de árbol de té a Clawdeen, que aullaba de risa.

—¿Y tú hablas de desperdicio? —Lala tiritó y se envolvió con una bufanda negra de cachemira—. Con lo que te depilas en un solo día me mantendría abrigada un año entero.

—¡No te pases! —entre risas, Clawdeen le lanzó el bote a Lala.

—¿Y qué me dicen de doña Chispas? —Lala arrojó la loción al trasero de Frankie. Aterrizó en la alfombra con un golpe sordo—. Desperdicia electricidad en proporciones de Las Vegas.

—¡Genial! —Cleo entrechocó las palmas con Lala—. ¡El vampiro ataca de nuevo!

Todo el mundo se atacó de la risa, excepto Frankie. Estaba de pie frente al televisor, paralizada ante la visión de Brett arropado bajo un edredón a cuadros azules y marrones. Su piel limpia y clara era el telón de fondo ideal para su boca de color rojo sangre, sus ojos del azul de la tela de los jeans y sus crestas de pelo negro: un lienzo blanco para los vibrantes colores de su rostro.

Frankie notó en los labios un cosquilleo. El hueco de su corazón se ensanchó. Era la primera vez que veía a Brett después del desafortunado beso entre ambos, el beso que le había arrancado la cabeza, que había enviado a Brett al pabellón de psiquiatría y amenazado el futuro de los RAD de Salem. El simple hecho de verlo debería haber invadido a Frankie de miedo. De vergüenza. De furia. En cambio, sus entrañas susurraban de añoranza.

"¿D. J.? ¿Y ése quién es?"

—¿Nos lo perdimos? —preguntó Viktor, quien entró a toda prisa junto a su mujer. Un penetrante olor a metal y a sudor se desprendía de su bata de laboratorio. El aroma a gardenia y a maquillaje pastoso se desprendía de la de ella.

—¿Dónde está Billy? —preguntó Viveka.

—Shhh —siseó Frankie, de pie frente al televisor con la atención propia de un zombi—. Brett está recuperando el conocimiento. Va a hablar.

La imagen de la cámara se amplió y mostró la habitación de hospital. Las paredes amarillo limón estaban cubiertas de tarjetas con deseos de que se recuperara pronto. Una ventana ofrecía el panorama del estacionamiento. Y Bekka —de pie, junto a la madre de Brett— llevaba una camiseta con la leyenda: "El blanco es el nuevo verde", y exhibía una expresión de esperanza.

Frankie ahogó un grito.

—¡Esa camiseta es un insulto!

—Su cara sí que es un insulto —puntualizó Cleo.

—¡Qué descaro! —añadió Clawdeen.

—Me alegro de que la abuela Frankenstein no esté aquí para ver esas horribles mechas de imitación —comentó Viveka a su marido.

—Shhh —insistió Frankie mientras la cámara enfocaba a Brett. Los preciosos labios de éste empezaban a moverse.

Un reportero revoloteaba con un micrófono junto a la cama y entrecerraba los ojos en señal de preocupación.

—Parece como si Brett fuera a hablar —indicó el hombre con una voz profunda que desentonaba con sus rasgos juveniles. Su nombre, Ross Healy, aparecía en la parte inferior de la pantalla—. Brett, muchacho, ¿puedes oírme?

—Donshhhtá —mascullό Brett.

Bekka y la madre de Brett se inclinaron para acercarse.

—Eh, chico, ¿me oyes? Soy Ross. Ross Healy, de las Noticias del Canal 2. Ya sabes: "Todo es verdad en el Dos" —canturreó.

—Donshhhtá —murmuró de nuevo Brett.

—¡Dijo "mamá"! —la señora Redding sollozó alegremente; sus rizos negros a la altura de la barbilla oscilaban de puro regocijo—. ¿Llamaste a mami, cariño?

—Aquí tengo a tu "momi" —Clawdeen levantó la mano de Cleo.

Las chicas se echaron a reír.

—¡Donshhhtá!

—Dijo: "¿Dónde está?" —explicó Bekka, apartando con el codo a la madre de Brett—. Pregunta por mí. Me busca a mí —le arregló el pelo de la coronilla, poniéndolo aún más de punta—. ¿Verdad que me buscas a mí, Brett?

—¡Lárgate de una vez, Sheila paranoica! —gritó Blue, con su expresión característica para llamar a la gente—. ¡Quiere a Frankie, y no a ti, creída!

—¿Bekka? —consiguió decir Brett; después, tosió levemente.

Una enfermera se apresuró a su lado transportando un vaso beige con hielo triturado. Brett se llenó la boca y tomó a su novia de la mano. En el momento en que las manos de ambos entraron en contacto, el rostro de él se iluminó. El de ella brilló. El de Frankie se oscureció.

—¿Te encuentras bien? —preguntó Brett, cuyos ojos del azul de la tela de los jeans examinaban los de Bekka con avidez.

Ella asintió.

—Ahora sí.

Una sinfonía de arcadas estalló en el sofá en forma de "L". Frankie sonrió por dentro.

—Estaba muy preocupada por ti —dijo Bekka al tiempo que le secaba los labios húmedos con un pañuelo de papel.

—¿Estás bromeando? —Brett se incorporó—. ¡Era yo quien estaba preocupado por ti!

—¿No es prodigioso? —comentó Ross en tono muy bajo, como el presentador de un documental que presencia el nacimiento de una jirafa. Frankie sintió ganas de arrancarse las costuras del cuello y estrangularlo. Eso sí que sería prodigioso.

—Bekka, pensé que te había matado —Brett rompió en sollozos. Una enorme pompa de mocos le estalló en la nariz.

—¡Qué bárbara! —vociferó Blue—. ¿Vieron ese moco?

La radiante sonrisa de Bekka desapareció a mayor velocidad que una puesta de sol en una secuencia de video acelerada.

—¿Creías que me habías matado? ¿A qué te refieres?

—Atrás, todo el mundo —ordenó un joven médico. En la espalda de su bata de quirófano se leía: "En prácticas". Se apresuró hasta la cabecera de Brett con una jeringuilla cargada—. Tiene alucinaciones postraumáticas.

—¿Qué? —Brett apartó al médico en prácticas de un empujón—. ¡No estoy alucinando!

—Sí, sí alucina —aseguró Bekka.

El médico en prácticas dio un paso adelante.

—No es verdad.

El médico en prácticas dio un paso atrás.

—Sí.

El médico en prácticas dio un paso adelante.

—¡Dejen que hable! —gritó la señora Redding.

Todo el mundo dio un paso atrás.

Brett se metió en la boca otro fragmento de hielo y se giró hacia su madre.

—¿Te acuerdas de la fiesta de mi décimo cumpleaños?

Ella asintió, llorosa.

—Construimos en el sótano una casa encantada. Querías un pastel que diera miedo, así que horneé un monigote; le clavamos cuchillos de plástico y lo rociamos con mermelada de cerezas.

—Sí... bueno... —Brett se arrancó un pedacito de esmalte negro de la uña del pulgar—. Cuando soplé las velas, deseé que... —se arrancó un poco más de esmalte—. Deseé...

Ras. Ras. Ras.

—Tranquilo, chico —musitó Ross Healy—. Nadie va a juzgarte.

Brett respiró hondo.

—Deseé convertirme en un monstruo —soltó el aire retenido—. ¡Y sucedió, mamá! ¡Sucedió!

El médico en prácticas dio un paso adelante otra vez. La señora Redding lo empujó hacia un lado.

—Por todos los santos, Brett. ¡No digas eso ni en broma! —gritó su madre—. ¡No eres un monstruo!

—¿Cómo puedes decir eso, cuando le arranqué la cabeza a mi propia novia?

—*¿Qué?* —gritaron Viktor y Viveka al unísono.

—¡De lujo! —Cleo se echó a reír—. ¡Confundió a Frankie con Bekka!

—Llevaban el mismo disfraz —apuntó Clawdeen.

—¡Es genial! —intervino Lala—. ¡Te libraste!

Frankie consiguió esbozar una sonrisa convincente porque, en teoría, Lala tenía razón. En efecto, era genial. Si Brett no sabía de su existencia, ¿cómo iban a culparla? ¡Su ignorancia era un regalo! ¡Una bendición! ¡Un boleto gratis para salir de la cárcel!

"Entonces, ¿por qué me duele más que cuando me arrancó la cabeza?"

Una mezcla de sentimientos subía y bajaba en las entrañas de Frankie como los caballos de colores de un carrusel: alivio, vergüenza, justificación, gratitud, melancolía, libertad, pérdida... Pero el sentimiento que permanecía constante —el asiento que estaba atornillado a la madera y no cedía en lo más mínimo— era el de insignificancia.

—¿Piensas que era mi cabeza, la mía? —preguntó Bekka, alarmada.

Brett asintió.

—¿Mi cabeza?

—¡Sí! —gritó Brett tapándose la boca con las manos—. ¡Soy la encarnación del mal!

—*¡Brett!* —exclamó su madre, falta de aliento—. Ni se te ocurra...

—Es verdad, mamá. Sólo alguien verdaderamente retorcido trataría de matar a una chica durante el mejor beso de su vida.

"¿Acaba de decir el mejor...?"

—¡Ahhhh! —las chicas saltaron del sofá como con un resorte y corrieron hacia Frankie. Se abrazaban y chillaban como si acabaran de alzarse ganadoras en *Operación Triunfo*.

—¡Tranquilidad! —tronó Viktor—. Está hablando de mi pequeña.

Viveka lo consoló con un afectuoso apretón en el hombro.

—¿*Ése* fue el mejor beso de tu vida? —preguntó Bekka, cuyos ojos verdes se veían tristes, afligidos.

—Pues claro —Brett se rio por lo bajo—. Vamos. Admítelo. A ti te pasó lo mismo.

—¡Apaguen las cámaras! —chilló Bekka con tal fuerza que sus pecas se estremecieron.

—Ahora mismo —replicó Ross al tiempo que guiñaba un ojo a su operador de cámara—. De acuerdo, están apagadas. Continúa.

—Brett, ¡no era yo!

—Claro que sí. No estoy loco, ¿sabes? —insistió él—. Yo era Frankenstein y tú, mi novia. Me acuerdo de todo.

Frankie se acercó al televisor. Sus amigas la siguieron.

—Brett, ¡no era yo! Era una monstruo. Una monstruo de verdad.

Él se echó a reír.

—¿Quién está más loco aquí?

—¡Era yo! —exclamó FrankiBilly, que irrumpió en la habitación vestido como la abuela Frankenstein el día de su boda.

La ciudad de Salem al completo ahogó un grito a la vez.

El rostro de Brett se iluminó. El de Frankie brilló. El de Bekka se oscureció.

—¡ELECTRIZANTE! —Frankie se puso a dar saltos mientras batía las palmas. Estridentes vítores y aplausos inundaron el cuarto de estar de los Stein.

—¡Vamptástico! —dijo Lala entre risas—. ¡Frankie, es igualito que tú!

—Pero ¿qué es esto? —balbuceó Bekka, con un tercio de desconfianza y dos tercios de temor—. ¿Qué está pasando?

—Brett, soy yo —dijo FrankiBilly mientras, a paso lento, caminaba hacia él—. Es a mí a quien besaste.

Una manada de guardias de seguridad irrumpió en la habitación.

—¡Un momento! ¡Déjenla en paz! —se escuchó gritar a Melody desde un segundo plano—. ¡Es inofensiva!

Para sorpresa generalizada, los guardias se echaron atrás.

—Bueno, ¿y quién eres tú? —preguntó Brett.

—Soy la responsable de todo esto —FrankiBilly hizo un gesto hacia la cama de hospital de Brett y, luego, hacia la aglomeración de reporteros y espectadores que se encontraban bajo la ventana—. Y quiero que sepas que lo siento. No volveré a acercarme a ti, ni a nadie más. No tenía la intención de asustarte…

—¿*Asustarme*? —Brett apartó el edredón de un puntapié y se quedó sentado en la cama. Llevaba su camiseta de Frankenstein, la que se había puesto el primer día de instituto—. Estaba asustado; pero no de ti, ¡sino de mí mismo! Temía haberte matado. ¿Lo hice? Quiero decir, ¿te hice daño? Porque no era mi intención. Estaba disfrutando del mejor beso de mi vida y, al minuto siguiente…

—¡Socorro! —chilló Bekka—. ¡Que alguien lo ayude! ¡Esa… cosa… se ha apoderado de su mente!

—No me odies por ser monstruosamente guapa —espetó FrankiBilly a Bekka.

—¡No lo puedo creer! —Lala, doblada de risa, entrechocó las palmas con sus amigas.

La cuadrilla de seguridad se dispuso a intervenir. Esta vez, Ross y su equipo la retuvieron.

—¡ELECTRIZANTE! —vociferó Frankie—. Es como ver *Gossip Girl* en la tele. Sólo que está pasando de verdad. ¡Y se trata de mí!

—¡Melody lo consiguió! —Lala lanzó al aire su bufanda negra.

Cleo puso los ojos en blanco.

—Ya veremos. Aún no ha acabado la cosa.

Brett dio un paso hacia FrankiBilly.

—Nadie se ha apoderado de mi mente, Bekka. Sólo de mi corazón.

—¡Le quitó el corazón! —chilló ella. Pero a nadie le importaba lo que tuviera que decir. Y mucho menos ahora que Brett tendía la mano para tomar la de FrankiBilly. FrankiBilly se la entregó.

—¿Van a besarse? —preguntó Clawdeen ahogando un grito.

Bekka embistió contra Billy.

—¡Apártate de él!

Al momento, dos guardias de seguridad se plantaron junto a ella.

—¡Suéltenme! —se retorcía sin parar mientras la sujetaban—. ¡Esa cosa es una monstruo! ¡Esta ciudad está plagada de monstruos! ¡Están robando a nuestros hombres! —los guardias la levantaron por las axilas y la acarrearon hacia la salida—. ¡Un momento! —Bekka golpeó con los pies ambos lados del marco de la puerta—. Tengo pruebas. Lo puedo demostrar. Lo puedo demostrar ahora mismo.

—Bájenla —ordenó Ross.

—Traigan a mi amiga Haylee —reclamó Bekka.

Segundos más tarde, su íntima amiga del flequillo castaño claro entró en la habitación haciendo *clic-clac* con el empuje imparable de los juguetes mecánicos. Llevaba una ceñida chaqueta de mezclilla de lana, pantalones anchos, gorra de repartidor de periódicos y sus características gafas beiges con forma de ojo de gato. Lo único que contradecía su aspecto de cinco décadas atrás era el iPad encajado en el bolsillo exterior de su maletín verde de imitación de cocodrilo.

Bekka agitó los dedos con impaciencia.

—Dámelo.

De un golpe, Haylee plantó el iPad en la mano abierta de Bekka.

Frankie se pellizcó las costuras del cuello.

—¿Qué hace?

Bekka tocó la pantalla varias veces, la levantó en dirección a las cámaras y pulsó "Reproducir".

—¡No! —gritó Frankie al televisor—. ¡No puedes hacer eso! ¡Melody llegó antes de la hora límite! ¡Lo prometiste!

Viktor y Viveka ahogaron un grito.

Blue se rascó. Lala tiritó. Clawdeen gruñó.

—¿Lo ven? —Cleo esbozó una amplia sonrisa mientras el video de Jackson Jekyll convirtiéndose en D. J. Hyde empezaba a difundirse—. Ya les dije que no se puede confiar en los normis.

CAPÍTULO 11

EN EL AMOR Y EL HORROR TODO VALE

Un enjambre de reporteros franqueó la puerta abierta. Micrófonos manuales y de caña telescópica se orientaron hacia Bekka, ansiosos por obtener alguna frase de uno de los protagonistas al que llamaban "El Monstruo Decapitado de Salem". En lo que a Melody concernía, el auténtico monstruo era aquella bruja pecosa.

—¡Déjenme pasar! —vociferó Melody mientras se abría camino a empujones.

Sorprendentemente, la obedecieron, aunque demasiado tarde. El condenatorio video de Jackson acababa de emitirse en el Canal 2 y ya lo recogían las cadenas afiliadas a escala nacional. Siguiente parada: YouTube. ¿Destino final? El mundo entero.

—Pero ¿qué hiciste? —Melody arrancó el iPad de las pegajosas manos de Bekka—. ¡Teníamos un trato! Te di lo que querías.

—¿Ah, sí? Pues *eso* —señaló a Brett y FrankiBilly, ahora sentados al borde de la cama y charlando por lo bajo— no formaba parte del trato.

Haylee rebuscó en su maletín.

—Y yo tengo documentación que lo prueba.

—O sea, que ahora Jackson tiene que pagar por lo que haga Brett —Melody apretó los puños—. Es una locura...

—Disculpe, señorita Madden —interrumpió un reportero—. ¿Nos podría hablar del chico del video?

Ávida por la exclusiva, la prensa se lanzaba hacia Bekka como una paloma sobre una corteza de *pizza*.

—Sí —respondió ella, encantada de colaborar.

—¿Hay otros?

—Estoy convencida. Estos monstruos tendrán familia, digo yo.

—¿Ha recibido amenazas?

—¿Es que existen amenazas peores a que te roben el amor de tu vida?

—Volviendo al chico del video, ¿ese "dos caras" es capaz de matar?

Melody se retiró del frenético festín: batida, molida y hecha puré. La evidencia de su fracaso fue inmediata. Jackson se había convertido en el nuevo Frankie en menos tiempo del que Melody tardaría en escribir el mensaje: "Lo siento". La noticia sobre "la chica que perdió la cabeza" era agua pasada. Ahora, todos querían a "Dos Caras". Y no es que fueran a encontrarlo. Seguramente, Jackson estaba embarcando en un vuelo a Londres, refrescándose la cara con el ventilador y lamentando el día en que conoció a Melody Carver junto al carrusel de Riverfront. Sin saber lo mucho que ella lamentaría su ausencia; lo mucho que lamentaría las experiencias que podrían haber compartido; el bien que podrían haber hecho juntos; la voz que Melody podría haber tenido. La muerte a manos de los medios era rápida y dolorosa.

Ojalá Candace hubiera estado allí. Se le habría ocurrido algo para distraer a los reporteros, para apartar la atención de Jackson y desviarla hacia…

¡Un momento! El corazón de Melody se aceleró. Su reclamo se encontraba sentado junto a Brett, embutido en un vestido de novia.

—Siento interrumpir —se disculpó, al tiempo que tiraba de Billy y lo ponía de pie—. ¿Te pintaste el cuerpo entero, o sólo lo que se ve? —susurró a la peluca de su amigo. Desprendía el olor dulzón a plástico del pelo de una Barbie.

—Sólo lo que se ve —repuso él en voz baja—. ¿Por qué?

—Quítate la ropa. Conviértete en extremidades flotantes. Que tengan algo nuevo que perseguir.

—¡Me encanta! —Billy se rio con disimulo.

Un minuto después, el vestido de novia de la abuela Frankenstein se convertía en una pila de encaje sobre el suelo de hospital. Dos brazos verde menta, la falsa cabeza de Frankie y el cogote de Billy era todo cuanto quedaba.

—¡Truco o trato! —Billy vociferó la consigna de Halloween al tiempo que se movía con la descoordinación de un esqueleto flexible.

Una oleada de chillidos y de gritos ahogados recorrió la habitación atestada. El personal médico salió disparado hacia la salida.

—¡Atrápenme si pueden! —gritó Billy mientras conducía a los reporteros ávidos de noticias hacia el vestíbulo del pabellón psiquiátrico del hospital de Salem.

—¡Un momento! ¿Cómo te llamas! —preguntó Brett elevando la voz—. ¿Adónde vas? —comenzó a perseguir a FrankiBilly, pero la señora Redding se empeñó en ir en su lugar para que pudiera descansar.

Bekka agarró a la señora Redding por su chaqueta de punto rosa.

—¿De verdad piensa ir a buscar a ese engendro y llevárselo a su hijo?

—¡Deprisa, mamá! —apremió Brett—. No quiero que le hagan daño.

La señora Redding partió a toda velocidad. Bekka fue tras ella, gritando algo relacionado con tener nietos del color de las algas marinas.

Una vez que todo el mundo desapareció, Melody recogió el vestido de encaje y empezó a alisar las arrugas. Los laterales tenían restos de maquillaje verde.

—No le pasará nada, ¿verdad? —preguntó Brett, cuyos ojos azules se humedecían por una preocupación sincera.

Melody asintió con calmada confianza.

Brett se empeñó en levantarse. Osciló ligeramente y se agarró a la barandilla de la cama para recobrar el equilibrio.

—Voy a comprobarlo. Por si acaso.

Melody se apresuró a su lado y lo ayudó a regresar a la cama.

—Deberías quedarte aquí hasta que estés un poco más fuerte.

Brett estiró el cuello para ver qué ocurría en el vestíbulo.

—Pero ¿y si le hacen daño?

—Confía en mí —Melody esbozó una amplia sonrisa—. Él está perfectamente.

—*¿Él?* —preguntó Brett, una vez más conmocionado.

—Verás… —Melody le escudriñó la cara y luego, suspiró. "Ya ha sufrido bastante, el pobre. Ha llegado la hora de que sepa la verdad"—. No es la chica a la que besaste —le susurró al oído.

—¡Vamos! —se levantó como un cohete—. ¿Es que todo el mundo me quiere tomar el pelo, o qué?

—Nadie te toma el pelo, Brett. Te lo prometo. Sólo tratamos de que todo el mundo esté a salvo. Pues sí, era un truco. Para evitar que Bekka pusiera en evidencia a la chica de verdad.

—¿Quién es la chica de verdad?

—No te lo puedo decir sin su permiso. Pero le preguntaré si quiere conocerte.

—¿En serio? ¿Va a nuestro instituto?

Melody selló los labios.

—Dime sólo una cosa: ¿es una monstruo de verdad?

Melody titubeó. ¿Qué se suponía que tenía que responder? Examinó los ojos de Brett en busca de una pista. Abiertos de par en par, estaban llenos de esperanza. Cuajados de lágrimas de ternura. Sedientos de la verdad. Por fin, Melody asintió.

Las rígidas facciones de Brett se suavizaron. En un primer momento esbozó una amplia sonrisa, que no tardó en dar paso a un gesto de preocupación.

—¿Qué ocurre?

Brett soltó un suspiro mientras bajaba la mirada a sus uñas pintadas de negro.

—Supongo que esto quiere decir que, en realidad, no soy un monstruo.

Melody sonrió. En ciertos aspectos, Brett y ella se parecían bastante. Bajo la luminosa fachada de ambos se agitaba la oscuridad. Ellos no deseaban lo mismo que las demás personas luminosas. Les atraía lo diferente. Eran el equivalente humano a la ciudad de San Francisco: bajo su belleza externa existían fallas impredecibles. Sus respectivas vidas consistían en una interminable búsqueda de un lugar seguro donde instalarse.

—¿Por qué no te unes a los NUDI?

—¿A los qué?

—Es mi organización a favor de los monstruos. Normis Unidos contra Discriminadores Idiotas.

Brett esbozó una amplia sonrisa.

—¿Dónde hay que firmar?

—Acabas de hacerlo.

—Melody, lo siento —se disculpó con voz triste.

—¿A qué te refieres?

—A Bekka. Sé que eran amigas. Y Jackson es un tipo legal. Ella no debería haber hecho eso.

—Gracias —repuso Melody mientras apoyaba la frente sobre la ventana insonorizada—. ¡Ay, Dios mío! ¡Mira! —exclamó, apretando un dedo sobre el cristal.

Más abajo, los operadores de cámara prácticamente se aplastaban entre sí mientras competían por grabar algo sobre la acera. A un lado, Melody divisó a Haylee y a Heath, el amigo de Brett; pero el gentío era tan compacto que resultaba imposible averiguar qué atraía la atención de la prensa.

Brett agarró el control de la televisión y encendió el pequeño aparato anclado en la pared. La pantalla mostró un primer plano de la falsa cara de Frankie, tendida sobre el bordillo del estacionamiento. A poca distancia se hallaban la peluca a mechas negras y blancas y una pila de toallas de papel manchadas de maquillaje verde menta. Ross, ligeramente aliviado pero, más que nada, decepcionado, informó que todo el episodio de los monstruos había sido una broma ejecutada por los alumnos del instituto Merston High. Acto seguido, dio paso al estudio, donde un experto en efectos especiales se encontraba preparado para especular sobre cómo los ingeniosos adolescentes podrían haber llevado a cabo con éxito la travesura.

Brett masculló en dirección a la pantalla.

—Pero no fue una broma, ¿verdad?

—Te prometo que ella existe. Mañana los presentaré.

Brett sonrió con dulzura. Su sinceridad provocó que Melody añorara a Jackson.

Minutos después, Ross Healy y su equipo regresaron por sus bártulos.

—Me engañaste, ¿eh, muchacho? —bromeó mientras le propinaba a Brett falsos puñetazos en el estómago.

—No tuve nada que ver con el asunto —le aseguró éste—. La broma me la hicieron a mí.

—Excelente, Brett —Ross le entregó una tarjeta—. Llámame cuando vuelva a pasar algo en ese instituto de *friquis*. Te regalaré entradas para Lady Gaga, por ejemplo.

Brett arqueó sus pobladas cejas.

—¿Podría grabar con la cámara alguna vez? Me encanta la cinematografía.

—¿Quiénes son tus modelos? —se interesó Ross.

Convencida de que Brett no desvelaría ningún secreto, Melody aprovechó la ocasión para escabullirse e ir en busca de Billy y Candace.

A la puerta de la habitación, un policía presionaba a Bekka para que le proporcionara testimonio sobre su implicación en la broma.

—Señorita —dijo el policía mientras golpeaba su libreta de cuero sobre la mano abierta—. Cuanto más coopere, menor será su condena.

—*¿Condena?*

El agente asintió.

—Ya se lo dije, ¡no fue una broma! —sollozó—. Esos monstruos existen de verdad. ¿Dónde está Haylee? Que alguien busque a Haylee.

—La vi en la calle, hablando con Heath —declaró Melody, encantada de anunciar la mala noticia.

Bekka resopló.

—Perfecto. En ese caso, pregúntele a ella. Se lo explicará. ¡No estoy mintiendo!

El agente observó a Melody con recelo.

—¿Conoces a esta chica?

—Sí, la conozco —respondió Melody con tono respetuoso. Tras proporcionar al policía su nombre y domicilio, le comunicó que estaba dispuesta a colaborar en todo cuanto pudiera.

—¡Ah, gracias a Dios! —Bekka rompió a llorar.

—En lo que a ti respecta, ¿existe alguna razón por la que Bekka… —consultó su libreta— Bekka Madden tendría motivos para creer que vio un monstruo?

Bekka abrió al máximo sus ojos verdes a modo de desesperada súplica de misericordia. Su expresión parecía decir: "Pido perdón por todo". Por la amistad arruinada, por el chantaje, las amenazas telefónicas, la promesa rota, por reproducir el video de Jackson…

Melody frunció los labios y reflexionó sobre la disculpa. Ahora que la caza había terminado y la vida de los RAD regresaría a la normalidad, Melody sentía lástima por Bekka, la verdad. Brett estaba loco por Frankie. Bekka se había puesto en ridículo en público. Y Haylee era su única amiga. ¿No era acaso suficiente castigo? ¿Era realmente necesario que también la arrestaran?

—Bekka es una chica sorprendente. Jamás mentiría —declaró Melody.

Bekka dejó de sollozar al instante.

—¿Ve? ¡Se lo dije!

—Pero gastar una broma no es lo mismo que contar una mentira, ¿verdad? En mi opinión, al menos, no debería serlo. Porque lo que Bekka consiguió se eleva a la categoría de arte —Melody le propinó en la espalda una palmada traviesa—. Piense tan sólo en la cantidad de trabajo que ha supuesto montar ese video. Por no hablar del disfraz de Frankenstein, el montaje de los efectos especiales y conseguir la implicación de la policía y los medios. Si uno se detiene a pensarlo, resulta impresionante. Si existiera un concurso televisivo de bromas, Bekka, amiga mía, arrasarías.

—¿Qué? ¡Mientes! —Bekka se giró hacia el agente de policía—. ¡Está mintiendo!

—¿Qué le va a pasar, agente? Nada demasiado grave, espero. Bekka sólo pretendía que la gente se divirtiera.

El policía se ajustó la gorra.

—Una saludable dosis de servicio a la comunidad, para empezar.

Melody asintió en señal de acuerdo y, acto seguido, se marchó tranquilamente con una sonrisa de satisfacción. También ella acababa de prestar un servicio a la comunidad. Y la sensación era fantástica.

CAPÍTULO 12
COME, BEBE Y DESCONFÍA

Nada que objetar sobre las Olimpiadas. Eran una fuente de inspiración y, además, procedían de Grecia, igual que Deuce. Pero cada vez que se celebraban, los programas favoritos de Cleo cancelaban su emisión y eran reemplazados por —seamos sinceros— dos semanas de sombrías y soporíferas actividades físicas. Durante ese tiempo, Cleo solía vagar sin rumbo por el palacio como camello perdido en el desierto, en busca de algo familiar que la conectara con la tierra. Se trataba de una condición desorientadora, desconcertante, que sólo hallaba cura en la ceremonia de clausura y el subsiguiente regreso a la programación habitual. Una vez restaurado el orden, Cleo lo celebraba comiendo uno de los tentadores pasteles de chocolate con forma de pirámide que preparaba Hasina, para reponer la inevitable pérdida de calorías que había sufrido durante sus catorce días errantes.

Ahora, sentada en la zona para no alérgicos de la cafetería de Merston High con sus tres mejores amigas, Cleo mordió la punta de chocolate de la pirámide como celebración de otra clase de regreso: el de la programación habitual de su vida. En la que Clawdeen, Lala y Blue centraban su atención sobre ella como un *zoom* de alto rendimiento. En la que las novatas (¡Frankie!) o las normis (¡Melody!) no acaparaban los titulares. En la que el palacio tenía cobertura para celulares. En la que salía con Deuce los sábados por la noche. En la que anunciaría la sesión fotográfica para *Teen Vogue,* y sus amigas se pasarían días enteros muertas de envidia. La vida a la que estaba a punto de regresar.

Hasta el momento, nada apuntaba lo contrario. La cafetería se iba llenando de normis hambrientos camino a sus mesas habituales en las zonas libres de cacahuate, libres de gluten, libres de lactosa y en la nueva zona libre de grasa. Como de costumbre, las chicas pasaban junto a Cleo y sus amigas con una mirada de reojo para contemplar sus modelos a la última moda. Si Deuce no estaba presente —y los lunes nunca estaba, porque entrenaba basquetbol—, los chicos hacían lo mismo. Y todos movían la cabeza al ritmo de la música que sonaba durante el almuerzo, que ese día empezaba con *I Made It (Cash Money Heroes),* de Kevin Rudolf. La letra de la canción no podía haber sido más apropiada:

I've known it all my life
I made it, I made it![1]

Cleo masticó el sustancioso pastel con forma de pirámide al ritmo triunfante que marcaba su regreso. Con calculada paciencia, fue pasando las fotos en su iPhone, esperando a que alguien formulara la inevitable pregunta.

---

[1]"Lo he sabido toda mi vida / ¡lo conseguí, lo conseguí!" (N. de la T.)

—Las invitaciones para mi fiesta de cumpleaños salieron hoy —anunció Clawdeen mientras mordía su hamburguesa doble de tocino—. Besé todos los sobres con la barra de labios antes de echarlos al buzón; por eso llegué tarde a Matemáticas esta mañana —hizo una pausa, a todas luces esperando una reacción. Cleo se negó a responder: llevaba días sin ser el centro de atención, lo que empezaba a atenuar el brillo de su melena.

Por fin, Lala se inclinó hacia delante y contempló la pantalla con sus ojos marrón oscuro.

—¡Eh! —sacudió una pizca de chocolate de la pirámide con su dedo helado. Aterrizó sobre el suéter negro calado de Cleo y rebotó sobre sus *leggins* con estampado estilo años sesenta a manchas rosa y gris—. ¿Qué miras?

—¡Mmm, mis *leggins* sucios!

—En serio, Sheila, no sé lo que tienes en ese celular, pero debe de ser increíble: ni siquiera te fijaste en las manchas de la línea de ojos de Lala —comentó Blue dándose unos golpecitos traviesos en la mejilla con sus dedos enfundados en guantes.

—Muy bonito. Reírse de una chica ciega —Lala arrojó sal sobre la piel reseca de Blue.

—No eres ciega —puntualizó Blue—. Lo que pasa es que no te ves en los espejos.

—Pues tiene suerte —Clawdeen se enroscó un rizo color ámbar en el dedo.

—No es verdad —Lala se secó los párpados con una servilleta húmeda—. Tendría suerte si no pudiera oler tu aliento a hamburguesa —frunció los labios para evitar sonreír en público.

Cleo, sin embargo, sonrió abiertamente. Las cosas habían regresado a la normalidad.

Ya era hora.

—Estoy tratando de decidir qué modelo ponerme para la sesión fotográfica de *Teen Vogue* —explicó, como si llevaran toda la mañana hablando del asunto—. Me encanta el collar de halcón y los pendientes en forma de pera, pero todo a la vez sería pasarse, ¿no creen?

Las chicas, desconcertadas, fruncieron el ceño. La escena no podía haber resultado mejor si la hubiera escrito en un guion. Aunque, más o menos, así había sido.

Cleo fue pasando en su iPhone el catálogo de imágenes que había fotografiado a primera hora de aquella mañana. Más concretamente, al amanecer, cuando la luz solar estaba en su mejor momento. El resplandor anaranjado hacía resaltar el oro igual que el kohl resaltaba sus ojos azules. Había tomado fotos de aquellas piezas de valor incalculable en la isla de arena de su dormitorio, y las había rodeado de juncos y de hierba salvaje. Nada de alta costura de El Cairo. ¡Su colección era digna de los mismísimos faraones!

—¿Qué les parece, chicas? —mostró a sus amigas varias fotografías de los pendientes y el collar—. ¿Demasiado ostentoso?

—Más vale que hagas una pausa y rebobines —Blue se apartó los rizos rubios de la cara y los sujetó con un par de palillos lacados en color verde mar.

—En serio —comentó Clawdeen—. Esos pendientes son incluso mejores que…

—… las esmeraldas que Angelina llevó a los Óscar, ya lo sé.

Lala se inclinó desde el otro lado de la mesa; las puntas de su cabello a mechas rosas y negras rozaban la parte superior del pastel de Cleo.

—¿Hay más?

—Muchísimo.

Cleo les enseñó los brazaletes de metal batido, la corona cuajada de gemas, el anillo que brillaba en la oscuridad, el collar de las plumas y el brazalete de serpiente con ojo de rubí, además de una foto hermosamente iluminada de la tarjeta de visita de Anna Wintour.

—¿No es una imitación? —preguntó Lala, tocando la pantalla.

—¡Pues claro que no! Mi padre lo encontró en la tumba de la tía Nefertiti.

—No —repuso Lala—. ¡La tarjeta!

Cleo hizo una seña a las chicas para que se acercaran. Una vez que se integraron en el círculo con aroma a ámbar, les habló del encuentro de su padre con Anna en primera clase, la sesión fotográfica para *Teen Vogue,* las dunas de arena, los camellos, su inminente debut como modelo y el ilimitado potencial de contactos profesionales. Con cada nuevo detalle, los ojos de sus amigas iban aumentando de tamaño.

—¡Vamos, Sheila! ¿Hablas en serio?

—Comería carne por salir en *Teen Vogue.*

—¡Y yo me haría vegetariana!

La intriga las llevaba a aferrarse a Cleo como finas bandas de lino.

—¿De verdad te montarás en el camello?

—¿Quiénes son las otras modelos?

—¿Necesitan chicas rubias?

Y las unía con la succión de los vestidos de *lycra.*

—¿Podemos ver la colección después del instituto?

—Te ayudaremos a escoger las mejores joyas.

—Eh, oye, ¿nos podemos probar alguna?

Gracias a Geb, la imagen de Cleo como reina —la reina de sus amigas— había permanecido intacta durante el último par de días. "Crisis evitada".

Podría haber continuado hablando durante horas, y ellas le habrían prestado idéntica atención. Pero su pirámide de chocolate, que se encontraba en mitad del apretado círculo, se elevó del plato como por arte de magia y empezó a desaparecer a mordiscos.

—¡Billy!

El último bocado se desplomó sobre el plato.

—Perdón.

Entre risas, el círculo con aroma a ámbar se abrió, dejando a la vista a Frankie, Melody y Jackson. Éstos colocaron sus respectivas bandejas blancas sobre la mesa rectangular y tomaron asiento como si los hubieran invitado. Lo que no era así; al menos, por parte de Cleo.

—¡Eh! —Frankie esbozaba una sonrisa radiante a través de una densa capa de maquillaje de color normi. Su cuerpo menudo estaba cubierto por una bufanda y un overol de raso (que parecía más bien un uniforme de vuelo). El grueso cinturón trenzado que le ceñía la cintura suponía un admirable intento de dar un toque de estilo a su camuflaje. Pero no funcionaba. La prenda de una pieza había sido confeccionada pensando en una pista de aterrizaje diferente—. Estar de vuelta es electrizante —comentó, agradeciendo el bullicio propio de la hora del almuerzo y moviendo la cabeza al ritmo de la música cuando empezó a sonar *Alejandro,* de Lady Gaga.

Cleo puso los ojos en blanco, incapaz de decidir qué le fastidiaba más: la expresión "electrizante", la manía de Frankie de robarle el centro de atención, o ambas cosas a la vez.

—El baile fue el viernes por la noche —señaló—. Es lunes. No te perdiste un solo día.

—Ya lo sé —Frankie sonrió—. Gracias a estos dos —dedicó un aplauso a Melody y al espacio vacío que tenía a su lado. Jackson, Lala, Clawdeen y Blue se sumaron a la felicitación. Cleo apartó su pastel a un lado. La fiesta había terminado.

—No puedo creer que Bekka enseñara ese video —le dijo Lala a Jackson—. ¿No te dieron nervios?

—Más bien sí —Jackson se quitó sus gafas de montura negra y limpió los cristales con su arrugada camisa a cuadros marrones y amarillos—. Estaba de aquí para allá buscando mi pasaporte cuando Melody me envió un mensaje con la buena noticia —en plan de broma, tiró de uno de los cordones de la característica sudadera con capucha de su amiga normi.

Cleo examinó a la nueva pareja mientras se preguntaba qué vería Jackson en Melody. Si la analizaba rasgo a rasgo, no se podía negar que era una chica atractiva; puede que, incluso, hermosa. Larga melena negra, ojos castaños rasgados, nariz perfecta y cutis impecable. Pero, en cuanto a la forma de vestir, seguía las mismas pautas de Kirsten Stewart al estilo de "más-vale-ir-cómoda-que-guapa". Sólo que Melody no era Kirsten Stewart. Así que daba la imagen de una chica mona permanentemente vestida de andar por casa.

—Billy se portó como un auténtico héroe —declaró Melody.

—La táctica de distracción fue idea tuya —puntualizó él, agarrando los restos del pastel—. Y tendrían que haber oído cómo Melody, al final, le echó la culpa a Bekka. La obligan a hacer unas doscientas horas de servicio a la comunidad.

—Ya me había enterado —dijo Clawdeen entre risas—. No está mal. Aunque, si por mí fuera, la habría enviado a la silla eléctrica.

—¿Y qué tiene de malo la silla eléctrica? —bromeó Frankie.

Melody se carcajeaba de la risa.

—¿Qué haces tú aquí? —soltó Cleo de sopetón, incapaz de contenerse por más tiempo.

Melody palideció.

—¡Cleo! —espetó Jackson.

—Quiero decir, mmm, ¿no eras alérgica? —echó marcha atrás—. ¿No deberías sentarte en una zona diferente?

—Tengo asma, pero desde que me mudé a Oregón me encuentro mucho mejor —repuso Melody—. Esta mañana canté en la ducha por primera vez en años, y lo cierto es que sonaba...

—¿Es que cantas? —preguntó Blue.

—¿Es que te duchas? —masculló Cleo.

—Las dos cosas —respondió Melody, haciendo caso omiso de la burla—. Cuando era pequeña solía actuar en recitales. ¿Por qué? ¿Tú también cantas?

—Yo toco la guitarra —repuso Blue—, y soy hábil con el piano.

—Serás una máquina de las *escamas* de siete notas —Lala soltó una risita a la servilleta que le tapaba la boca.

—Mejor que tú con los chistes —contraatacó Blue.

Cleo continuó pasando las fotos en su iPhone, con la esperanza de reconducir la atención a lo que verdaderamente importaba.

—A Bekka la expulsaron de la clase de Matemáticas esta mañana y la enviaron al despacho del director Weeks —anunció Frankie mientras cerraba de golpe el estuche de polvos compactos, azul eléctrico y cubierto de cuentas de cristal negras.

—¿Por qué? —preguntó todo el mundo, girándose hacia ella.

—Era la primera hora. El señor Cantor llegaba tarde, de modo que empezamos a comentar… el escándalo. Cuando Bekka entró, la clase completa se puso a aplaudir y a decirle lo genial que había sido su broma. Bekka intentó convencerlos de que todo había ocurrido de verdad, pero nadie le creyó. Supongo que se sentía tan frustrada que empezó a lanzar gises por todas partes. Y entonces llegó el señor Cantor. Un trozo de gis azul le aterrizó en plena frente. La mandó directo a Weeks.

—Me alegro —comentó Clawdeen mientras agarraba una tira de pollo del plato de Jackson.

—Y también a su amiguita —prosiguió Frankie.

—Haylee —gruñeron todos al unísono.

—Sí, Haylee. Intentó defender a Bekka. Dijo que su amiga lo está pasando mal porque Brett quiere romper, pero…

—¿Sabes por qué quiere romper? —interrumpió Melody.

Se escucharon risitas y todos clavaron la vista en Frankie. Ésta bajó los ojos hacia la mesa.

—Exaaaaacto —canturreó Melody—. Quiere conocerte.

La zona para no alérgicos se inundó de chillidos adolescentes. Frankie remetió las manos bajo los muslos. Jackson se protegió de las hormonas femeninas ocultándose tras su flequillo castaño. Cleo sintió ganas de lanzar su teléfono al entrometido rostro de Melody.

—Es verdad. Me suplicó que los presentara.

—¡Es peligroso! —saltó Cleo—. ¿Y si fuera una trampa?

—¿Vas a hacerlo? —Lala mordió una zanahoria—. Brett es una monada para ser normi… sin ánimo de ofender, Melody.

Ésta sonrió, dando a entender que no se ofendía.

—No sé —Frankie suspiró—. ¿Y qué pasa con D. J.? —preguntó a Jackson—. Creo que está loco por mí.

—Puedo hablar con él de tu parte —se ofreció Jackson, incómodo, desde debajo del flequillo.

—¿Es eso un sí? ¿Voy a buscar a Brett?

—¡No, espera! —replicó Frankie—. Aquí, no. Delante de todo el mundo, no. ¿Y si Cleo tiene razón? ¿Y si es peligroso?

—En ese caso, ¿qué te parece después de las clases? —sugirió Melody—. En Riverfront. Jackson y yo te acompañaremos, por si acaso.

Frankie suspiró de nuevo.

—Por favor, di que sí —la apremió Melody—. Está atrapadísimo por ti.

—De acuerdo. Sí.

Las chicas chillaron, regocijándose del júbilo ajeno.

—¿Podemos acompañarlos? —preguntó Lala.

—¡Claro! Nos subiremos en el carrusel y fingiremos que no te conocemos —añadió Blue.

—Tenemos que escabullirnos pronto, o mis hermanos nos seguirán —dijo Clawdeen—. Creen que Riverfront no es un sitio seguro.

—¡Un momento! Pensé que íbamos a ver las joyas —terció Cleo, incapaz de disimular su decepción.

—¡Ya sé! —Blue, siempre conciliadora, puso un dedo en alto—. ¿Por qué no vamos a Riverfront hoy y, mañana, a casa de Cleo?

—¡Ni hablar! —respondió Cleo.

—¿Por qué ni hablar? —preguntó Lala. No le gustaba que le dijeran lo que tenía o no que hacer.

—Por... —dijo Cleo, perdiendo fuerza—. Por la sorpresa.

—¿Qué sorpresa?

—Mmm... Se los iba a decir en mi casa pero... Clawdeen y Blue van a ser modelos conmigo —soltó de sopetón—. Y Lala, te iba a pedir que ayudaras a los estilistas, ya que no sales muy bien en las cámaras, pero...

Otra ronda de chillidos invadió el ambiente con aroma a comida. Como de costumbre, los demás alumnos en la zona se giraron para ver de qué se estaban perdiendo. Y, como de costumbre, Cleo sonrió abiertamente, disfrutando de la atención.

—Pero si prefieren ir a Riverfront en plan de alcahuetas, perfecto. Sólo que necesito saberlo para encontrar sustitutas. Ustedes mismas.

Las chicas le aseguraron que las sustitutas no serían necesarias, y que estaban absolutamente comprometidas con la sesión fotográfica.

—De lujo —repuso Cleo, esperando por Geb que los directores de *Teen Vogue* se tomaran la noticia con el mismo entusiasmo.

CAPÍTULO PERDIDO

DE CUYO FUNESTO NÚMERO

NO SE HARÁ MENCIÓN

CAPÍTULO 14
DESAPARICIÓN EN EL AIRE

Era el tema de conversación recurrente en la fila del almuerzo y en las fiestas, sobre todo por parte de los hermanos Wolf.

—Billy, colega, di la verdad. ¿Cuántas veces te has colado en el vestidor de las chicas?

—¿Sería difícil meter ahí una cámara?

—¿Has ido alguna vez a sus fiestas de pijama?

—¿Y qué nos dices del vestidor del instituto Holy Oak? ¿Has estado allí?

—¿El instituto de chicos?

—Sí, para enterarte de sus jugadas de basquetbol. ¿Qué estabas pensando?

—Ni hablar, hermano. Billy está demasiado ocupado escondiéndose en los probadores de Victoria's Secret.

Billy fingía que le hacía gracia. ¿La verdad? No quería ser esa clase de chico: el invisible morboso que sigue a las chicas buenas y escucha sus conversaciones. Era tan predecible… por no decir repugnante. Además, sólo le interesaba una única chica.

Ojos cautivadores. Intrépida determinación. Honradez. Inocencia. La ropa espantosa que tenía que llevar al instituto y cómo, a pesar de todo, conseguía sonreír. Y sus manos, capaces de iluminar una habitación entera.

Le había comprado un celular. Había organizado una reunión en su casa. Y había puesto su vida en peligro para salvar la de ella.

Ahora, esa chica se encontraba camino a Riverfront para reunirse con un normi llamado Brett. Caminaba entre Melody y Jackson. La luz del sol le calentaba el rostro. Su sombra le seguía a la zaga, embriagada por la promesa de un nuevo amor.

Billy iba tras la sombra. Como "esa clase de chico". El chico que no quería ser. Con cada paso intangible, dudaba en mayor medida si, alguna vez, ella le daría una oportunidad. Pero algo en sus dedos chispeantes, sus andares dinámicos, su risa nerviosa, le decía que aunque ella supiera que Billy estaba allí, aunque él se pusiera ropa y se pintara la cara para que lo viera, aunque le declarara sus sentimientos con una rodilla hincada en el suelo... seguiría siendo invisible.

Así que dejó de andar y se quedó mirando cómo ella se alejaba.

CAPÍTULO 15
UN NORMI ME AMA

La luz solar, del color de la miel, inundaba el parque de Riverfront, vaciando los últimos restos de calor aletargante sobre las zonas de césped y los senderos. El hombre del tiempo había prometido un día precioso, pero no había mencionado los densos y dorados rayos de sol que parecían seguir el rostro de Frankie como un foco. La recargaban de afuera adentro. Le calentaban su melena oscura y dejaban tras ella el delicado aroma a champú de cereza y almendra. No, no había dicho nada sobre el tiempo atmosférico perfecto para enamorarse. Puede que no hubiera querido estropear la sorpresa.

—Entonces, ¿éste es el infame banco de la suerte? —preguntó a sus acompañantes cuando éstos le hicieron un gesto para que tomara asiento.

—Sí —Melody esbozó una sonrisa—. Aquí es donde conocí a Jackson.

—Apuesto a que no ibas con un overol de una pieza, diez toneladas de maquillaje y una bufanda —dijo Frankie, lamentando no poder llevar ropa más acorde con su personalidad.

—No, pero yo sí —bromeó Jackson y le ofreció sus palomitas.

—No, gracias —Frankie se frotó el estómago, lleno de mariposas.

La música de organillo aumentó de volumen y el carrusel empezó a girar. Subiendo y bajando a lomos de sus respectivos caballos, los niños normis se reían y saludaban a sus padres con la mano. Sus padres les devolvían el saludo con los ojos humedecidos de alegría, conmovidos por los placeres más simples de la vida. La risa de los niños, la calidez de la tarde, el olor a palomitas que inundaba el aire... Si tan sólo supieran que su inocente lugar de reunión era el corcho que tapaba la guarida subterránea de los RAD, construida por monstruos y para monstruos, porque el mundo de esos niños —el mundo de los normis— era demasiado peligroso...

Frankie soltó un suspiro, rindiéndose a su propia confusión. "¿Qué estoy haciendo?". Su objetivo era educar e instruir al enemigo, y no ligar con él. No es que Brett fuera exactamente el enemigo, pero su antigua novia sí lo era. De modo que sus gustos eran cuestionables.

—Recuérdenme por qué vine, ¿sí?

Melody sonrió mientras saludaba con la mano a alguien en la distancia.

—Por eso —murmuró. Frankie se dio la vuelta. Brett se dirigía hacia ellos con botas de montaña. Su forma de andar era deliberada: enérgica, pero carente de nerviosismo.

—Sí. Ya me acuerdo.

Los jeans de Brett tenían el mismo azul que el río Willamette, y su camiseta negra desvaída daba la impresión de absoluta comodidad. Unas gafas de sol ocultaban sus ojos, pero no su sonrisa resplandeciente.

"¿Enemigo? ¿Qué enemigo?"

Apartado de las luces fluorescentes del instituto, parecía diferente. Más saludable. Joven. Libre. Sin su disfraz de Frankenstein. Sin salir en televisión. Sin Bekka. Sujetaba un puñado de margaritas en una mano y, en la otra, el corazón acróbata de Frankie.

—¿Son para mí? —bromeó Jackson.

Frankie se rio por lo bajo; aún no estaba preparada para que le prestaran atención.

—¡Eh! —Brett saludó a Jackson con un choque de palmas y una risa sofocada un tanto nerviosa—. ¿Qué tal? —le dijo a Melody con una sonrisa al estilo de "me-alegro-de-verte-otra-vez".

Los tres intercambiaron miradas, sin saber quién debía ser el primero en hacer qué. Mientras tanto, Frankie se mantuvo un poco apartada a un lado y esperó a que la presentaran... y esperó... y esperó...

Por alguna razón, Melody y Jackson miraban fijamente a Brett, expectantes, dando a entender que el siguiente paso le pertenecía sin duda alguna a él.

Incapaz de soportar el suspense por más tiempo, Frankie embutió las manos, que echaban chispas, en los bolsillos de su overol y dio un paso adelante.

—Bueno —dijo Brett, cuyos ojos pasaron de largo sobre Frankie—. ¿Vino?

—Hola —Frankie sonrió.

Brett la miró, desconcertado.

—Soy yo —Frankie apartó la bufanda y dejó un tornillo al descubierto—. ¿Lo ves?

De pronto, Brett cambió por completo de actitud.

—Sí, claro —tartamudeó—. No puedes ir por ahí de color... No tenía ni idea... ¡Eras tú! —por fin, Brett estableció la conexión entre la chica de su clase de Geografía, la de los *piercings* en el cuello que lucían tan bien, y la belleza de piel verde que lo había besado. El asombro lo sumió en un silencio boquiabierto.

—¿Nos apartamos de toda esta gente? —propuso Frankie, temiendo que Brett se fuera a desmayar y montara un espectáculo. Le había prometido a sus padres que no haría nada que pudiera atraer una atención no deseada, y esta vez tenía la intención de mantener su palabra.

—Claro —repuso él, que trató de recuperarse encogiéndose de hombros con aire despreocupado.

Comenzaron a caminar en dirección al río.

—¡Ah! —Brett le entregó las margaritas—. Son para ti.

—¿Y esto?

—Una especie de regalo en plan "perdona-por-arrancarte-la-cabeza".

Frankie se sacó las manos de los bolsillos y aceptó las flores con una risa sincera, liberando así las tensiones, la frustración y la vergüenza de la última semana y echándolas al viento. A partir de ese momento, sus manos oscilaron con libertad. El temor de Frankie a lanzar chispas fue desapareciendo a medida que las yemas de los dedos de ambos se rozaban ocasionalmente.

Melody y Jackson los siguieron hasta una zona de césped a la orilla del río.

—Oye, no puedo creer que haya quedado con... —Brett hizo una pausa y luego, se sentó—. Un momento, chicos, ¿qué son exactamente?

—Nos gusta que nos llamen RAD —explicó Jackson, arrancando del suelo un diente de león y dividiendo el tallo en hebras, como si fuera una madeja—. Renegantes Aliados de la Diferencia.

—¡Qué bien! —Brett se tumbó y colocó las manos detrás de la cabeza—. Entonces, ¿todos son RAD?

—Yo no —intervino Melody.

—Es verdad —repuso Brett—. Tú eres NUDI.

—¿Qué? —Frankie soltó una risita y se ahuecó el pelo, de forma que Brett pudo captar el aroma de su champú de cereza y almendra.

—Normis Unidos contra Discriminadores Idiotas —recitó él con orgullo.

Melody aplaudió.

—Buena memoria.

—Oye, Jackson, ese video tuyo, ¿era real?

—Por desgracia —Jackson arrancó otro diente de león—. Hay algo en mi sudor que dispara la transformación.

Frankie se incorporó.

—Hablando de eso, ¿hace demasiado calor para ti? —preguntó, preocupada de repente por que D. J. hiciera acto de presencia y arruinara su cita.

—Tranquila. Aquí me tienes: más fresco que una lechuga —dio unos golpecitos a su ventilador, en el bolsillo de su americana—. ¿Captas?

Frankie se rio del absurdo chiste de Jackson, aunque sólo porque estaba contenta. Se tumbó y clavó la vista en las vetas blancas del cielo.

—Recuerdo perfectamente el día que te conocí —le dijo a Brett.

Brett se giró hacia un lateral y apoyó la cabeza en una mano.

—¿En serio?

Frankie asintió.

—Fue el primer día de instituto. Bekka y tú estaban hablando detrás de mí, en la fila de la cafetería, y ella comentó algo sobre utilizar el trasero de un monstruo como tapa de bolígrafo.

Las mejillas de Brett se pusieron al rojo vivo.

—Sí, recuerdo ese comentario. Fue muy ofensivo —Brett se quitó sus gafas de sol verdes y empezó a limpiar los cristales en la camiseta.

—¿Por qué no le dijiste nada?

Brett examinó la cara de Frankie con sus ojos del azul de la mezclilla mientras reflexionaba sobre su respuesta. Ella lanzó unas cuantas chispas.

Se volvió a poner las gafas.

—Bekka es, no sé, frágil.

—¡Ja! Si piensas que ella es frágil, ¿qué opinas de mí? —bromeó Frankie, señalando las costuras de su cuello.

Él soltó una carcajada.

—Me imagino que temía que se pusiera histérica.

Frankie también apoyó la cabeza sobre una mano y volvió la vista al río.

—El miedo es un rollazo.

Brett se rio por lo bajo.

—¿Qué pasa?

—Que me hace gracia, nada más.

—¿Qué te hace gracia?

—Cuando era niño, quería ser un monstruo para que todo el mundo se asustara de mí y yo no me asustara de nada. Y tenía razón. A ver, de eso va el tema, ¿no? Tú no te asustas de nada, ¿correcto?

Frankie reflexionó sobre el asunto; luego, negó con la cabeza.

—Guau.

—Pero no es porque asuste a los normis. ¡Para nada! Son mucho más peligrosos que yo. No tengo miedo porque... bueno, sólo llevo viva una par de meses y casi todo ese tiempo he estado escondida en el laboratorio de mi padre.

—¿Y?

—Y soy demasiado curiosa como para tener miedo.

Frankie se acercó al rostro de Brett y pasó los dedos por los cristales de sus gafas.

—¿Qué haces?

—Es como esos borrones —explicó.

—¿A qué te refieres?

—Al miedo. Nos impide ver con claridad.

Brett se quitó las gafas y clavó la vista en Frankie como si estuvieran en una película romántica; más concretamente, en la parte en la que el chico cae en la cuenta de que se está enamorando.

—Ojalá no tuvieras que llevar todo ese maquillaje —dijo, por fin—. Tu piel verde es...

—¿Un caramelo de menta? —preguntó Frankie entre risas.

—Sí, un caramelo de menta.

Ella suspiró.

—Ojalá los normis supieran cómo somos de verdad.

Brett alargó el brazo para tomarle la mano. Frankie se lo permitió. Frotó el pulgar sobre el esmalte de uñas negro de él, lamentando no haber reservado tiempo para una manicura rápida.

—¡Ay, Dios mío! ¡A esconderse! —gritó Melody. Demasiado tarde.

—¡Monstruos! —vociferó una chica desde la distancia.

Frankie y Brett se incorporaron, sobresaltados. Acto seguido, Melody les dio un empujón y los tumbó sobre la hierba.

—¿Bekka? —mascullό Brett al ver a su ex novia. Ésta llevaba un chaleco naranja y arrastraba por el parque una gigantesca bolsa de basura.

—¡Cómplices de las zombis ladronas de novios! —gritó a Melody y a Jackson al tiempo que clavaba su arpón de madera sobre un cartón de jugo—. ¡Esto no va a quedar así! —un hombre con un chaleco del mismo color pasó por allí y la trasladó a otro sector del parque.

Melody se levantó.

—Me parece que no se fijó en ustedes. Vayámonos de aquí antes de que se dé cuenta de quiénes son.

Nadie discutió. En silencio, se marcharon apresuradamente.

Una vez que llegaron a Front Street, por fin Brett tomó la palabra.

—Creo que puedo ayudar.

—Y yo creo que necesita un poco de espacio —sugirió Melody con cortesía.

—No me refiero a Bekka, sino a los RAD —de su cartera negra de piel sacó una tarjeta de visita—. ¿Se acuerdan de ese tal Ross Healy, el de las Noticias de Canal 2?

Melody asintió.

—Me pidió que buscara buenas historias en el instituto. Igual puede hacer algo por ustedes.

—¿Por ejemplo? —preguntó Frankie, cuestionando en secreto los motivos de Brett.

—¿Un *reality*? —apuntó Jackson—. ¿Algo así como *La vida secreta del "verdescente" norteamericano*?

—No —respondió Brett entre risas—. Algo serio. Al estilo de una noticia del telediario, para que todo el mundo vea cómo son.

Frankie reflexionó sobre el asunto. Una noticia así llegaría a un montón de gente pero ¿estarían a salvo?

—Deberías dirigir tú la grabación —sugirió Melody, golpeándolo en el brazo de la manera que lo hacen los chicos—. Querías hacer una película de monstruos. ¿Por qué no convertirla en una exclusiva?

—No sé si estoy preparado para algo tan importante —repuso Brett con humildad—. Además, no creo que el Canal 2 vaya a permitir que un alumno de instituto dirija una de sus emisiones. Me conformaría con que me dejaran limpiar las lentes de la cámara.

—Es menos peligroso que subir a un forastero a bordo —razonó Jackson.

—Eso es verdad —admitió Brett, mientras limpiaba las manchas en sus gafas y se las volvía a poner.

—No sé, chicos —vaciló Frankie, mirando fijamente a los coches que pasaban. Coches llenos de normis que ignoraban la verdad, una verdad que liberaría a los RAD. Pero ¿y si la volvía a fastidiar? ¿Y si esa exclusiva empeoraba las cosas, en vez de mejorarlas? ¿Y si alguien salía herido? ¿Y si no lo intentaba? ¿Qué querrían sus padres que hiciera?—. Con una condición —dijo por fin.

Sus amigos asintieron, expectantes.

—La cara de todo el mundo tiene que salir borrosa. Nuestras identidades no pueden revelarse.

—Estoy de acuerdo —repuso Brett.

—Me puedes entrevistar a mí primero —se ofreció Jackson.

—Yo iré en segundo lugar —añadió Frankie.

—Debería llamar a Ross antes de que se emocionen más —advirtió Brett.

—¡Demasiado tarde! —exclamó Frankie, radiante—. Creo que es justo lo que nos hace falta.

—Yo también —Brett sonrió como si se estuviera refiriendo a algo diferente.

Frankie le devolvió la sonrisa y captó su propio reflejo en las gafas de él. Con su overol de raso podría tener aspecto de *nerd,* pero en su interior se sentía preciosa.

Para: **Frankie**

28 sept., 18:18

BRETT: ¡ROSS ENCANTADO! ME HA LLAMADO "MUCHACHO" UNAS 50 VECES. M DEJA DIRIGIR. DICE Q 1 VIDEO PRODUCIDO D PRINCIPIO A FIN X ALUMNOS DE MH LO HACE MÁS "ENTRAÑABLE". HAY Q MOVERSE DPRISA. REÚNE AL GRUPO CNTO ANTS.

Para: **RAD, Melody**

28 sept., 18:21

FRANKIE: ¡OPORTUNIDAD ELECTRIZANTE D SALIR EN TV Y CAMBIAR EL MUNDO! NOS VEMS N EL JARDÍN TRASERO D MI KSA STA NOCHE A LS 8. SE RECOMIENDAN MANTAS. SE REQUIERE DISCRECIÓN. SEGURIDAD GARANTIZADA. XXX

Para: **Brett**

28 sept., 18:21

FRANKIE: ¿STA NOCHE T PARECE LO BASTANTE DEPRISA? ☺ XXX

CAPÍTULO 16
LÁGRIMAS DE UNA CORONA

La luz de vela bailaba contra los muros de piedra de la habitación de Cleo, dándole autenticidad sepulcral a la exposición de sus joyas, magníficamente labradas. O, más bien, la exposición que había ordenado hacer a los que estaban a su servicio. Había escrito a Beb y a Hasina, desatendiendo una charla sobre oferta y demanda, en la clase de Economía de la última hora. Pero el señor Virga habría estado orgulloso. Su mensaje era oferta y demanda en estado puro. Había pedido que le *ofrecieran*:

1. Cien velas con perfume de ámbar.
2. Tres vendas de lino en una cesta, fuera de su habitación.
3. Suelos de piedra pulida.
4. Arena rastrillada en la isla.
5. Nenúfares de color azul egipcio flotando en el Nilo.
6. Tres sarcófagos abiertos revestidos de espejos de cuerpo entero.
7. Lista de canciones de *Teen Vogue*:

a) *Poppin,* de Utada.
b) *Lisztomania,* de Phoenix.
c) *Far From Home,* de Basshunter.
d) *Your Love Is My Drug,* de Ke$ha.
e) *Nobody,* de Wonder Girls.
f) *Rude Boy,* de Rihanna.

8. Una fuente de hortalizas y hummus, para Lala.
9. Crema hidratante hipoalérgica sin colorantes, para Blue.
10. Cecina ecológica para Clawdeen.
11. Joyería colgada de una tabla forrada de lino.
12. Una palangana para lavarse, con toallas de algodón egipcio.

... y *demandaba* que estuviera todo listo para cuando volviera del instituto.

Ahora, entre la embriagadora fragancia de ámbar y las palmadas rítmicas de *Poppin,* la canción de Utada, Cleo guio a sus amigas con los ojos vendados, llevándolas del codo a través de la parpadeante luz de su aposento. Las colocó ante la tabla forrada de blanco que exhibía sus brillantes tesoros. Ésta se alzaba orgullosamente frente a los tres sarcófagos abiertos, como una ornamentadísima reina delante de sus tres siervas.

—¿Preparadas? —preguntó con voz cantarina.

Asintieron con ansia.

—Vamos, ¡quítense la venda de los ojos!

Las chicas se quitaron las cintas de lino y las dejaron caer en el suelo de piedra. *Miu-Miu* y *Bastet* se acercaron para reclamar sus nuevos juguetes apresurándose antes de que los pájaros pudieran robárselos.

—¡Cleo! —exclamó Clawdeen—. ¡Es más impresionante en la vida real!

—"Qué más quería él" —Cleo soltó una risita.

—¿Puedo tocar? —preguntó Blue, quitándose rápidamente los guantes de lunares y acercándose al anillo de piedra de luna que brillaba en la oscuridad.

—"¡Qué más quería él!" —soltó Lala.

Todas se partieron de risa. Pero la que más se rio fue Lala, ya libre de dejar sus terroríficos colmillos al aire.

Era una vieja costumbre, algo que las hacía llorar de risa en los viejos tiempos del colegio. Y seguía funcionando. La familiaridad de todo aquello hizo a Cleo sentirse cómoda. Sus chicas habían vuelto.

Después de lavarse las manos en la jabonosa palangana, fueron por sus piezas favoritas y empezaron a probárselas. Lala masticaba palitos de apio mientras abrochaba y desabrochaba las doradas reliquias con la paciencia de un verdadero estilista.

Sin vacilar, Cleo levantó la corona engarzada de joyas y la puso sobre su cabeza. El peso anclaba sus pies desnudos contra la piedra. Unía las puntas de su negro flequillo con las cumbres de sus pestañas. Revelaba su posición en la jerarquía social.

—¡Vamptástico! —dijo Lala, tomando nota en su cuaderno de espiral—. Yo digo que no te pongas pendientes. Sólo ese brazalete largo de serpiente, y ya estás lista.

Era tan segura en los espacios cerrados… vivaz, con opiniones firmes, y fuerte. Una Lala por completo distinta de la tímida y seca del instituto. Y durante medio segundo Cleo vio el valor de vivir abiertamente. La liberación era el limpiacristales del alma. Dejaba que la luz pasara a través. Pero ¿por qué pensar en ello? Nunca iba a cambiar nada.

—Estoy de acuerdo —dijo Cleo, admirando el conjunto de su primer modelo en los espejos del sarcófago.

—A mí me encantan éstos —afirmó Clawdeen, levantando los pendientes de jade con forma de pera hacia sus rizos castaños.

—Añade esto de aquí y ya vas bien —dijo Lala, pasándole unos brazaletes de metal batido—. Oh, y asegúrate de depilarte los brazos justo antes de ir a la sesión de fotos.

—Reservaré ahora mismo en Anya. ¿En qué fecha es? —preguntó Clawdeen metiéndose un trozo de cecina en la boca.

A Cleo se le revolvió el estómago. *Teen Vogue* no sabía todavía que sus amigas existían.

—Mmm... el catorce de octubre —murmuró, y fue por su copa de té helado de granadina.

—¿Mañana o mediodía?

—Tarde.

—¿Nos harán peluquería y maquillaje?

—Claro.

—¿Y vestuario?

—Sí.

—¿Cena?

—Sip.

—¿Nos darán justificantes para que podamos faltar al instituto ese día?

—Seguro que lo harían.

—¿Y el transporte?

—¿Qué pasa con el transporte?

—¿Cómo vamos a ir y volver?

—¡Por el amor de Isis! ¡Si no paran de hablar, no puedo pensar! —saltó, preguntándose cómo podía haber olvidado confirmar la asistencia de las chicas.

—¿Qué hay que pensar? —preguntó Clawdeen.

—Nada. Lo siento. Estoy bien —Cleo sacó enseguida el teléfono, borró rápidamente un mensaje de Frankie, que sería seguro otro de sus rollos para reclamar atención, y le envió a Manu uno de emergencia.

Para: **Manu**

28 sept., 19:40

CLEO: PLIS, CONTACTA A *TEEN VOGUE* YA. OLVIDA MODELOS NORMI. TIENEN Q CNTRATAR A CLAWDEEN Y BLUE N SU LUGAR. LALA COMO AYUDANTE D STILISTA. NCESITO CONFIRMACIÓN AHORA. ^^^^^^^

—¡Es una preciosidad! —exclamó Blue desde algún lugar de la habitación, con la voz amortiguada.

—¿Dónde está? —Cleo preguntó a Lala y Clawdeen.

Se encogieron de hombros y miraron en derredor.

De pronto, el sarcófago del rincón más lejano de la habitación se abrió con un lento chirrido. Blue salió de él, admirando el anillo de piedra de luna.

—¿Qué estás haciendo en mi armario? —preguntó Cleo, con una sonrisa encantadora.

—Quería ver si la piedra de verdad brillaba en la oscuridad —respondió Blue—. Y lo hace. ¡Y tanto que lo hace! Como un montón de enormes *tobiko,* rosa perla —dijo, refiriéndose a las huevas de pez volador de las que nacieron sus hermanos—. Yo llevaré esto, seguro.

¡Ping!

Cleo comprobó su teléfono. "Queseabuenoqueseabuenoqueseabueno...".

Para: **Cleo**

28 sept., 19:44

MANU: EL EDITOR NECESITA VER SUS *BOOKS* DE MODELOS Y CARACTERÍSTICAS FÍSICAS ANTES DE COMPROMETERSE.

"¡Arrg!". Cleo se apretó con fuerza la corona y apeló al poder de sus ancestros antes de responder. "¿Qué haría Cleopatra VII?".

Para: **Manu**

28 sept., 19:44

CLEO: NO HAY TRATO. LO TOMAN O LO DEJAN. SON MIS JOYAS Y YO PONGO LAS CONDICIONES.

Un par de chotacabras grises de Egipto salieron volando del altillo de Cleo para beber del agua rojiza y turbia del Nilo. Si pudieran apreciar lo despreocupadas que eran sus vidas...

—Dijiste que la sesión era por la tarde, ¿verdad? —preguntó Clawdeen, al tiempo que sacaba el celular de su bandolera de cuero rojo.

Cleo asintió con la mirada fija en la pantalla de su iPhone, deseando que Manu se apresurara y le mandara un mensaje con buenas noticias.

—Hola, Anya, soy Clawdeen. Voy a posar para *Teen Vogue* y necesitaré una cera de cuerpo entero la mañana del catorce de octubre —se miró sus largas uñas a rayas—. Y una manicura artística también. Algo egipcio. Por favor, devuélveme la llamada para confirmar en el...

—Mira si pueden hacerme un hueco para un tratamiento hidratante —añadió Blue.

—Yo tomaré un baño de vapor —dijo Lala.

Clawdeen asintió y continuó incluyéndolo en el mensaje.

¡Ping!

Para: **Cleo**

28 sept., 19:53

MANU: DE ACUERDO SÍ PUEDEN METER PHOTOSHOP. INSISTEN EN QUE LAS CHICAS SEAN PROFESIONALES. SI HAY ALGÚN CONTRATIEMPO, CANCELAN LA SESIÓN.

—¡Sí! —exclamó Cleo.

Los chotacabras egipcios volvieron volando al altillo.

—¿Tú también estabas leyendo el mensaje de Frankie? —Blue meneó su teléfono.

—¿Eh? ¿Qué mensaje?

—El de salir en la televisión y cambiar el mundo.

Lala y Clawdeen comprobaron sus pantallas.

—¡Estamos que no nos la creemos! —exclamó Lala—. ¡Primero en las revistas y ahora en la tele!

—Tendríamos que buscarnos un agente —dijo Blue.

Clawdeen se colgó el bolso en el hombro.

—Lo que tendríamos que hacer es irnos ahora mismo. La reunión empieza dentro de tres minutos.

Blue se puso los guantes.

—Esperen —dijo Cleo—. No se irán ya, ¿verdad?

—¿Por qué no? —preguntó Lala, metiéndose por la cabeza un suéter de cachemira de cuello alto.

—Porque —Cleo extendió los brazos— estamos a medias de algo, ahora mismo.

—Ya terminamos —Lala mostró su cuaderno como prueba—. Apunté lo que va a llevar cada una. Ya no queda nada que hacer.

—¿Y qué hay de practicar poses? ¿Y los ejercicios para no parpadear ante los *flashes*?

—Estás bromeando, ¿no? —dijo Clawdeen rotundamente.

—No.

El brillo de las llamas iluminó sus caras de perplejidad.

—Por si acaso ya se les olvidó, nunca han hecho esto antes. Y si esta sesión no marcha bien, no la publicarán. La alta costura de El Cairo pasará inadvertida durante otros cinco mil años, y mis diseños de joyas nunca despegarán. Ésta es mi gran oportunidad.

Con sólo decir esas palabras se le revolvió el estómago.

—Lo entiendo totalmente, Cleo —dijo Blue, que odiaba discutir—. Pero ¿y mi gran oportunidad? —volvió a colocar el anillo de piedra de luna en su gancho—. Tú tienes unos contactos de primera. ¿Y yo qué tengo? Quiero ser surfista profesional. ¿Quién va a promocionar a una escamosa chica con guantes?

Lala resopló.

—Las cosas tienen que cambiar para nosotras, Cleo —dijo Blue tomando un poco de agua del Nilo y frotándosela en la nuca. Los normis tienen que empezar a aceptarnos, o nunca conseguiremos los trabajos de nuestros sueños.

Cleo puso los ojos en blanco.

—¿Tú no estás cansada de esconderte? ¿No quieres ser normal? —preguntó Lala, atravesando un par de tomates *cherry* en sus colmillos.

Clawdeen se rio.

—La, tú no podrías ser normal ni aunque lo intentaras.

—No hay nada *especial* en ser normal —insistió Cleo, levantando ligeramente la barbilla.

—¿No fue genial ir a ese baile vestidas de nosotras mismas? —preguntó Blue con dulzura.

—No valía el precio que pagamos, si te refieres a eso.

—¿Y si no hubiera ningún precio? —sugirió Clawdeen.

—Siempre hay un precio —dijo Cleo, sorprendida de su propio cinismo. ¿Era el cambio aquello a lo que se oponía, o a que la desplazaran?

—Yo quería irme de intercambio porque mis padres dijeron que todo sería diferente en América —dijo Blue, muy seria de pronto—. Dijeron que había una comunidad RAD extraordinaria aquí, y que los RAD iban a cambiar cosas. Querían que yo creciera con más oportunidades que ellos. Y desde que llegué, no he tenido el valor de decirles la verdad. Mis *e-mails* y postales están llenos de cochinas mentiras —Blue caminó hacia la puerta—. Así que creo que debería escuchar lo que esa Sheila tiene que decir.

De pronto su forma de andar, encantadoramente torpe, le pareció irritante a Cleo.

—¿Después del lío en el que nos metió la última vez?

—Sólo vamos a escucharla —dijo Lala, siguiendo a Blue—. Vamos.

Clawdeen se quedó entre ellas, jugueteando con la cremallera de su bolso, obviamente dividida.

—Deberíamos ensayar nuestras poses.

Cleo sonrió con aprobación. Siempre podía contar con que Claw la respaldaría.

—No es por ser perezosa, pero tenemos dos semanas para eso —Blue puso la mano en el pomo de la puerta, con forma de escarabajo—. Y esta reunión parece importante.

—¿Más importante que *Teen Vogue*? —Cleo dio un golpe con un pie, preguntándose cuándo se había vuelto Blue tan autoritaria.

Lala se echó a reír. Pero nadie más le encontró la gracia.

—Oh —se estremeció—. Pensaba que estabas bromeando.

—Mal pensado —Cleo se cruzó de brazos sobre su suéter negro calado y adelantó una cadera. El movimiento brusco hizo que la corona se le inclinara hacia delante, pero la agarró antes de que cayera. Por desgracia, no se podría decir lo mismo de su estatus social—. De acuerdo —dijo, con un suspiro de derrota—. Iré a escucharla.

Colgó sus joyas reales y siguió a sus amigas hasta la casa de Frankie, todo el tiempo jurándose para sus adentros que aquélla sería definitivamente la última vez.

CAPÍTULO 17

MONSTRUOS DE LO MÁS NORMALES

Los RAD salieron del laberinto de árboles iluminado por la luz de las estrellas y se maravillaron al contemplar la cascada secreta de los Stein. Frankie les dio la bienvenida a cada uno con un abrazo de "gracias-por-venir" y ofreció a aquellos que llevaban mantas un asiento en la hierba cubierta de neblina. Los que no trajeron manta se unieron a Melody en el borde de piedra de la espumosa piscina. El penetrante aroma de la cena todavía perduraba en sus ropas, y aun así, sus ojos estaban hambrientos. Pero ¿de qué era esa ansia? ¿De cambio? ¿De venganza? ¿De tener su propio *reality show* en MTV? Melody se puso la capucha de su sudadera negra y escondió las manos en las mangas. Pronto lo adivinaría.

—Hola —le dijo con calidez a una chica con gafas blancas de ojo de gato, pendientes rojos con forma de cremallera y un desastroso pelo azul—. Soy Melody.

La chica emitió un gruñido que sonó algo parecido a *Juliaaaa*. Después sacó una gruesa agenda de su enorme bolso y lentamente, como en trance, tachó REUNIÓN A LAS 8 de su lista de tres páginas de cosas que hacer.

Otros se les unieron en el borde de la piscina y se pusieron a cuchichear entre ellos con cautela.

—No está mal para tan poca antelación, ¿eh? —dijo Jackson, chocando la palma de la mano con Melody. Tenía las yemas de los dedos manchadas de pintura al pastel verde y amarilla—. ¡Y todo fue idea tuya! —gritó, por encima del ruido del agua.

Al decir eso, varias cabezas se giraron hacia ellos. Cuando vieron que se refería a Melody, se volvieron de nuevo y empezaron a susurrar.

—No es verdad —insistió ella en voz alta. Si la idea fracasaba, desde luego no necesitaba que los RAD supieran a quién culpar.

—Claro que lo es —se echó para atrás el flequillo, lacio y castaño—. ¿Qué tomaste esta noche de postre? ¿Pastel de humildad?

Melody puso los ojos en blanco ante su chiste malo de abuelo.

—Ja, ja —alcanzó su mano y rápidamente cambió de tema—. Parece que estuviste dibujando.

—Sólo pasando el rato —se inclinó hacia atrás, metió las puntas de los dedos en la corriente y se los secó en los jeans—. Mientras tú y Frankie se organizaban, Brett y yo estuvimos trabajando sobre ideas gráficas y títulos —se acercó a ella y susurró—: Estamos pensando en llamarlo *Monstruos de lo más normales*. ¿Qué te parece?

"Me parece que se me pone la carne de gallina con forma de corazón cuando me hablas al oído."

—Me encanta —dijo Melody con una risita.

—También a Ross —sonrió Jackson.

Melody se infló de alegría por dentro.

—Síííí... —quiso gritar, pero sonó más bien como si cantara. Un canto claro, puro, hermoso. Era un sonido que llevaba años sin oír. Se dejó llevar tan alto por la euforia que se echó hacia delante y abrazó a Jackson para evitar salir flotando.

—Búsquense una tumba —alguien gruñó al pasar.

"¡Cleo!"

Flanqueada por sus amigas, la bicha reina buscó asiento arrastrando los pies con reticencia. Julia se levantó y le ofreció a Cleo su sitio en la piedra. Sin dudarlo, Cleo lo aceptó. Uno tras otro, se despejaron tres sitios y sus amigas los reclamaron. ¿Habían pagado a esas chicas para calentarles la piedra hasta que llegaran? ¿O es que intimidaban tanto? Como si Melody no lo supiera. Se había pasado la vida entera calentándoles la piedra a las chicas populares de Beverly Hills. Pero los asientos no parecían valer la pena como para pelearse. Nada lo valía... hasta entonces.

De pronto, la cascada se detuvo, y el agua que quedaba salió gorgoteando como en una bañera a gran velocidad. El silencio, agudo y discordante, golpeó al grupo como una bofetada.

—Mucho mejor —Frankie levantó el pulgar hacia sus padres, que estaban de pie con control al fondo del césped salpicado de mantas.

Querían confiar en ella. Dijeron que lo hacían. Pero era obvio por la rigidez de su sonrisa y su cara de sufrimiento que no lo habían conseguido todavía. Y que iban a quedarse por ahí para ver qué pasaba.

—Lo que tengo que decir no se puede gritar —dijo Frankie en voz baja.

Todos se arrastraron un poco hacia ella para oírla.

—Primero, gracias por venir aunque les haya avisado con tan poca antelación —se sentó y empezó a balancear las piernas sobre el barranco mojado. Todavía llevaba su uniforme de vuelo y el maquillaje, pero no la bufanda. Con cada movimiento, la luna descubría los delicados tornillos de su cuello y los besaba con su luz blanca y fría—. La semana pasada intenté demostrarles a los normis en el instituto lo electrizantes que somos, y bueno, todos sabemos cómo resultó aquello.

Crecieron las risitas y después cesaron.

—Pero ahora, gracias a Melody, tenemos otra oportunidad.

"Oh, no."

—¿La normi? —trinó como un pajarito un chico con cara de lagartija que estaba sentado en una esterilla de bambú—. ¡Otra vez no!

—No es una normi —repuso Jackson bruscamente.

"¿Eh?"

—¡Es una NUDI!

—¿De nudista? ¡Adelante con eso! —gorjeó el Lagartijo. Chocó los cinco con su colega y luego torció la mano para separar sus pegajosas palmas.

Más risitas. Viktor y Viveka intercambiaron miradas.

—Significa Normi Unidos contra Discriminadores Idiotas —dijo Billy desde algún lugar—. Y, de paso, tú también te estás portando como un idiota discriminador si no le das otra oportunidad.

Melody sonrió con agradecimiento de un lado a otro del césped, para que Billy pudiera verla desde donde estuviera.

—¡Anda, ya! —dijo Cleo, haciendo como que tosía.

Clawdeen le dio un codazo entre risas, sorprendida.

Después de siglos de estar sentada, Melody por fin se levantó.

Docenas de ojos se fijaron en ella; resplandecían en la oscuridad como las luces de un árbol de Navidad: algunas verdes, otras rojas, la mayoría amarillas. La contemplaron con expectación, esperando a que los llevara a algún lugar donde nunca hubieran estado antes. Como el público que solía aguardar a que cantara. Sólo que, esta vez, en vez de hacer uso de una voz que antes le venía con tanta facilidad, Melody se veía obligada a recurrir a una totalmente nueva. Se hallaba bajo el foco para defenderse; un papel que nunca habría imaginado elegir. Y aun así, allí estaba, en pleno centro de atención.

—Entiendo por qué no confían en mí —empezó, temblando—. Y supongo que si yo estuviera en su lugar, también me costaría hacerlo. Pero estoy de su lado. Pensaba que lo había demostrado cuando llevé a Billy al hospital, aunque supongo que no fue suficiente. Así que seguiré intentándolo —cuanto más hablaba, más ligeros sentía los pulmones. Su voz se volvía más clara, más fluida y sedosa. Como aceite en el motor de un coche sin usar, sólo necesitaba que la encendieran y utilizaran.

—¿Por qué te tomas tantas molestias? —preguntó Cleo, con voz de aburrimiento.

—Porque sé qué se siente al ceder el asiento a alguien que se cree mejor que tú. Sé qué se siente al querer ser tan "normal" que hasta escondes las cualidades que te hacen especial. Pero sobre todo, sé qué se siente al querer cambiar esas cualidades. Y ése es el sentimiento más degradante de todos.

Julia, a todas luces emocionada por la confesión de Melody, asintió de acuerdo, pero bajó la cabeza con tanta somnolencia que se le resbalaron las gafas y cayeron al suelo. Avergonzada, se inclinó, vértebra a vértebra, las recogió y luego, lentamente, volvió a la oscuridad.

—Así que por favor, créanme —continuó Melody—. Y cuando luchen por defenderse, dejen que yo también luche por ustedes. Porque juntos podemos...

Todos empezaron a aplaudir. Sus ojos brillantes estaban húmedos de compasión; los de Melody, húmedos de alivio. "¿Era de verdad tan fácil?"

Sonriendo a Jackson, se sentó y exhaló quince años de frustración hacia el cielo estrellado.

Cuando se apagaron los aplausos, Frankie presentó al "tipo electrizante" que ayudaría a los RAD a dar sus primeros pasos hacia el prestigio social. Brett Redding salió de la bóveda de árboles saludando y fue recibido con gritos ahogados de asombro. Él se los devolvió al ver los ojos iluminados de su audiencia.

Congelado de la emoción, se dirigió a ellos desde el fondo de la extensión de césped.

—Oye, esto es lo más... —murmuró.

Se dieron la vuelta para verlo.

—Pues... —dijo, aplaudiendo con nerviosismo—. Este... Tengo fantásticas noticias... Esperen, probablemente debería presentarme primero. Mi nombre es Brett Redding... Oh, probablemente lo saben ya, porque vamos al mismo instituto. Soy el tipo que le arrancó la cabeza a Frankie por accidente, y se puso frenético después, lo que probablemente sabrán porque salió en todas las noticias —se rio.

Ellos no.

—De todas formas, mientras yo estaba en el hospital, uno de los tipos de las noticias me dio su tarjeta, y bueno, abreviando, Melody, Jackson y Frankie pensaron que sería una buena idea hacer un documental sobre ustedes para que la gente viera lo agradables que son, y Ross, el periodista, accedió. Así que va a dejar que yo lo dirija, y va a ponerlo en el Canal 2 durante la semana dedicada a Oregón. ¿Alguna pregunta?

Se alzaron las manos. Parecía una audición multitudinaria para un anuncio de desodorante.

—Mmm... sí, tú, el de las gafas de sol.

—¡Qué pasa, Brett!

—Oh, ¡eh, Deuce! No te veía en la oscuridad. ¡Qué pasa, hombre!

—Me preguntaba por qué quieres hacer esto. Tú no tienes nada que demostrar.

—Esta película combina las dos cosas que más me gustan en el mundo: cine y mons... quiero decir, RAD —se detuvo y levantó la vista hacia Frankie—. Y, ahora que los conozco, quiero ayudarlos.

—Genial —dijo Deuce, satisfecho.

—¿Eso es todo? —Cleo parecía horrorizada—. ¿Con eso te conformas?

—Ajá —respondió Deuce con rotundidad.

—¿Qué tenemos que hacer para participar? —preguntó alguien más.

—Dejar que los entreviste. Compartir fotos, historias, esperanzas, sueños... —explicó Brett.

—Suena peligroso —susurró alguien.

—Todas sus caras saldrán borrosas, así nadie sabrá quiénes son. Su identidad se mantendrá ciento por ciento oculta. Es un primer paso para enseñar a la gente que son inofensivos.

—Eh, muchacho, ¿podrán verlo nuestros parientes por todo el mundo? —preguntó Blue.

—De momento se va a emitir sólo localmente. Pero puedo hacer copias para ustedes si quieren.

—¡Estupendo!

Continuaron las preguntas.

—¿Dónde vas a rodar?

—En el cobertizo de mi jardín. Es un lugar totalmente privado.

—¿Cómo se va a llamar?

—*Monstruos de lo más normales.*

Por las carcajadas que desató, el título había gustado a la multitud.

—¿Harás alguna entrevista sólo de audio? Ya sabes, para los que no queramos aparecer en la película —preguntó Lala.

—¡Por supuesto! Mostraré otras imágenes mientras están hablando.

—¡Vamptástico!

—¿Cuándo se emitirá?

—El catorce de octubre —dijo Brett—. Oh, y si van a salir en la grabación, tendrán que estar en el estudio cuando se emita. Quieren que respondan preguntas de los espectadores, en directo.

—Entonces todos sabrán quiénes son —señaló Viktor con su voz profunda.

—Me aseguraré de que esas tomas también salgan borrosas. Y... pondremos algunos guardias de seguridad para mantener la privacidad de la sala. Nadie los verá entrar ni salir.

Cleo se puso de pie.

—Vámonos —le dijo a sus amigas.

Ninguna se movió.

—Ya lo oyeron —Cleo se colgó el bolso en el hombro—. Tienen que estar disponibles el catorce de octubre y *no* lo están. Así que vámonos.

Las tres chicas se miraron entre sí.

—¡Dije que nos vamos! —Cleo dio un pisotón en el suelo—. Este... como se llame es a la vez que nuestra sesión de fotos para *Teeeeen Vooogueee* —dijo, articulando cada sílaba por si acaso no la habían oído en Portland—. Y les prometí a los editores de la revista que seríamos profesionales, así que tenemos que cumplir.

Las chicas se levantaron a regañadientes.

—¡Esperen! —gritó Melody, que no quería perder a las chicas más dinámicas del grupo—. ¿No pueden cambiar la fecha de su sesión de fotos?

Cleo entrecerró los ojos con odio, aplastando a Melody entre sus pestañas postizas.

—¿Por qué no cambian ustedes la fecha de *su* sesión?

—No podemos. Tienen que retransmitirlo durante el programa especial de la semana de Oregón. Y ya que el suyo es sólo una cuestión de moda, ¿no podrían...?

—No es sólo una cuestión de moda —bufó Cleo—. Es sobre moda e historia. *Mi* historia.

—Bueno, este documental es sobre tu futuro —repuso Melody.

Los RAD aplaudieron de nuevo.

Cleo se volvió para mirar de frente a sus detractores.

—¡Un futuro que ninguno de ustedes tendrá si lo dejan en manos de los normis!

Se volvió de golpe para encontrar a sus amigas sentadas otra vez, con los brazos entrelazados de solidaridad. Lo cierto es que Melody se sintió un poco mal por Cleo, pero estaba entusiasmada de que las chicas fueran a participar en el documental.

—¿En serio? —Cleo las miró con desprecio. Y, sin una palabra más, desfiló por delante de Brett y desapareció tras los árboles, dejando a su paso un rastro de rabia con perfume de ámbar.

De nuevo Melody inhaló su aroma agridulce, y se preguntó si sus intentos de integrarse estaban uniendo al grupo o haciéndolo pedazos.

CAPÍTULO 18
LA REINA SE COME AL PEÓN VERDE

Sonó el timbre de salida. Había acabado. Había sobrevivido.

El tercer día de instituto sin sus amigas había sido exactamente igual que el segundo día, que había sido exactamente igual que el primero. "¡Inconcebible!". La extinción social no era algo que Cleo hubiera imaginado nunca. ¿Qué sería lo siguiente? ¿Que Clawdeen necesitara implantes de cabello? ¿Que Lala comprara cuchillos de carne? ¿Blue veraneando en el Sahara? Ahora, cara a cara con lo inimaginable, se veía obligada a sacar el mejor partido posible de la mala situación y abrazar la nueva vida... o por lo menos hacérselo creer a todos.

Gracias a Geb por Deuce. Se había pegado a ella como resina líquida. Pero después de setenta y dos horas de resúmenes de basquetbol, comprar gafas de sol, comidas sin chismes y nocivo olor a chicos, Cleo estaba empezando a desmoronarse.

—Mi partido empieza dentro de cuarenta minutos —dijo él, mientras mantenía las puertas abiertas con la suela de sus tenis—. ¿Quieres tomar un trozo de *pizza* primero?

Cleo se vio a sí misma bajo las lentes de sus gafas marrones de aviador. Un cielo nublado de octubre a sus espaldas, un mediocre suéter negro de cuello alto, unos ojos inexpresivos... Suspiró. Deporte y trozos de pizza: ¿en eso se había convertido su vida?

A su alrededor, alumnos de Merston High como hormigas saliendo del edificio de color mostaza. Amigos agrupándose igual que imanes, ansiosos de compartir los detalles de su mediodía antes de ir corriendo a casa a enviarse mensajes. Ésta era la parte más solitaria de su exilio. El momento que más temía.

—No entiendo —se quejó Cleo, como durante las últimas setenta y dos horas—. ¿Por qué alguien preferiría una rabieta adolescente a *Teen Vogue*?

—Ellas se lo pierden —dijo Deuce distraído, mientras entrechocaba la mano con un compañero de basquetbol, prometiendo verlo en la cancha en un rato.

Cleo, fingiendo que no le irritaba la interrupción, se agarró del brazo de Deuce. Preparada para comenzar un temerario descenso por la escalera frontal del instituto, mientras se tambaleaba sobre los siete centímetros de tacón con piel de serpiente, preguntó:

—¿Tú crees que cambiarán de idea?

—¿Pueden hacerlo? —inquirió él saludando con la cabeza a otro colega de basquetbol.

—Más les vale. Faltan trece días para la sesión de fotos.

—Espera, pensaba que se habían rajado.

—No les he comentado nada todavía a los editores sobre el asunto de "rajarse".

—Estupendo —Deuce levantó la mano para chocar los cinco—. Para que digan que las momias no tienen agallas.

Cleo le bajó la mano.

—Pensaba que a estas alturas ya habrían vuelto, arrastrándose.

Justo entonces, Clawdeen, Blue y Lala pasaron rápidamente a su lado, riéndose y balanceando los bolsos como si fuera el último día de clase. Si le hubieran dado un bolsazo a Cleo en el corazón, no habrían podido rompérselo más.

—Tal vez deberías hablar con ellas —dijo Deuce después de atravesar el exterior del recinto en silencio.

—¿Y decirles qué? —Cleo soltó su brazo—. "¿Lo siento por darles la oportunidad única en su vida de probarles la incalculable colección de la tía Nefertiti?". O: "¿Me perdonarán alguna vez por sacarlos en una de las mejores revistas?". ¿Y qué tal: "¡Es culpa mía por haber dicho que serían profesionales!"? —gritó, ya sin preocuparse de que el finísimo oído de Clawdeen oyera cada una de sus palabras, empapadas de sarcasmo.

—Sí —Deuce se ajustó el gorro con orejeras, verde y marrón—. Olvídalas. Pidamos una *pizza*.

Unos pasos apresurados se acercaron a sus espaldas.

—Creo que lo perdimos —dijo una chica, decepcionada.

—Sabía que deberíamos habernos dividido —dijo su amiga—. ¿Y si Simona y Maddie lo encuentran primero?

—Da igual, nosotras estamos en el club de Teatro. Vamos a bordar el papel. ¡Ah-ah-ahhh!

Cleo volvió la cabeza y vio a dos chicas de cuarto de secundaria vestidas con mallas negras y capa. Tenían las caras pintadas de blanco, y los labios rojo cereza. De no ser por sus colmillos falsos, uno pensaría que se habían dado de frente contra un cuadro de la bandera canadiense, con la pintura aún fresca.

En vez de seguir a Deuce hasta el paso de peatones, Cleo se detuvo.

—Perdonen, ¿por qué van así vestidas?

La rubia —que claramente se había echado spray negro en el pelo, porque se le veía un trozo amarillo, como un parche, por detrás— se quitó los colmillos y se le acercó para susurrar:

—¿No te enteraste? —olía a aerosol y a brillo de labios con sabor a cereza.

Cleo levantó una ceja y negó con la cabeza.

—Brett Redding está haciendo un casting para un reality show sobre monstruos. Lo compró CW Network.

—Yo había oído que la Fox —dijo la quiero-y-no-puedo-ser-morena-natural.

—Pero ustedes no son monstruos —dijo Cleo, buscando en el reducido número de alumnos una posible explicación.

—Sí, lo somos —aseveró Quiero-ser-monstruo con voz grave de vampiro. Le guiñó el ojo y luego se quitó los colmillos.

—Esto parece otra broma pesada —dijo Cleo, fingiendo no darse cuenta de que Deuce le estaba haciendo señas—. ¿Cómo se enteraron?

—¿Por qué? ¿Quieres intentarlo? —preguntó Parche Rubio con desconfianza.

—Pero no seas un vampiro —manifestó la morena.

—¿Qué tal una bruja guapa? —sugirió la rubia—. Vimos un montón de cosas de bruja en el armario de los disfraces. El aula de Teatro todavía debe de estar abierta si quieres echar un vistazo.

—¿O una Barbie diabólica? —propuso Morena Natural.

—O la mujer del saco —se rio Parche Rubio.

—¡Dios mío, sí! —se carcageó su amiga—. Te puedes colgar un trozo de wan-tun de la nariz.

—¿Wan-tun? ¿Por qué wan-tun? ¡Es absurdo!

—Me encanta pronunciarlo. Wan-tun, wan-tun, wan-tun.

Se partieron de risa.

Cleo las miró de reojo. Si la cabeza le hubiera dado vueltas un poco más rápido, habría despegado como un helicóptero.

—¿Cómo oyeron lo de la grabación?

Parche Rubio metió la mano dentro de su mochila de cuero y le dio a Cleo un panfleto arrugado.

—¿Conoces a esa chica de tu curso, con gafas de abuelita y medias de psicópata... que está siempre detrás de la ex de Brett, mandando mensajes?

Cleo asintió. "¡Haylee!".

—Me dio esto durante la comida.

¡LOS ZOMBIS LE HAN SORBIDO EL SESO A BRETT!

LO OBLIGARON A ROMPER CON SU NOVIA Y A DIRIGIR UNA PELÍCULA DE PROPAGANDA MONSTRUO

¡BOICOTÉALOS O RÍNDETE A ELLOS! TÚ DECIDES.

ENCUENTRO BAJO EL ASTA DE LA BANDERA, EN LA PUERTA PRINCIPAL, PARA ORGANIZARNOS Y MONTAR UNA ESTRATEGIA.

15:15 JUEVES
1 DE OCTUBRE

PANFLETOS PATROCINADOS POR HUN
¡HUMANOS UNIDOS! NO TOLERANCIA

Cleo hizo una bola con el papel.

—Ésta es otra broma pesada. Créanme.

—Como quieras —dijo Parche Rubio, poniéndose de nuevo los colmillos—. Tú te lo pierdes.

Las chicas se apresuraron en busca de fama mientras Cleo lanzaba el panfleto a la papelera cortando el aire con un silbido que habría impresionado a Deuce, de haberlo visto. Pero éste, en vez de mirar, estaba apoyado contra una toma de agua contra incendios, dándole la espalda y tamborileando con los pulgares la canción que sonaba desde su iPod.

Cleo tiró de su auricular derecho.

—Ya estoy lista.

—¿De qué se trata todo eso? —preguntó Deuce, levantándose.

—Algunas *friquis* normis, que quieren salir en la película de Brett —respondió Cleo de mal humor—. No puedo creer que alguien quiera participar en esa cosa.

—Te refieres a los normis, ¿no? —preguntó él, pulsando impaciente el botón del paso de peatones unas cuantas veces.

—No, dije "alguien" —dijo Cleo—. Es un suicidio.

Se encendió la señal de luz verde.

—Yo voy a participar —dijo Deuce mientras abandonaba el bordillo de la acera.

Cleo tiró de él hacia atrás, del cuello de su chaqueta de cuero.

—¿Qué? ¿Por qué no me lo habías dicho?

—Pensaba que se daba por hecho.

—*¿Que se daba por hecho?* —la inseguridad subió deslizándose desde su vientre hasta enredarse en su corazón—. ¿Por qué se iba a dar por hecho que saldrías en la película que está arruinando mi vida? Puestos a dar algo por hecho, pensaría primero que ibas a estar en mi sesión de fotos, apoyándome. ¡No que ayudarías al enemigo!

Una anciana pasó a su lado, arrastrando los pies. Miró a Cleo con desdén, probablemente preguntándose por qué una joven tan bien vestida estaba en la esquina de una vía pública montando una escenita. Cleo arrugó la nariz y le sacó la lengua a la vieja entrometida. La mujer apartó la mirada con horror. No solucionó nada, pero se sintió mejor.

Deuce tomó su mano.

—Cleo, yo no soy el enemigo, ¿recuerdas?

—¡Ahora sí lo eres! —repuso, liberándose de él y alejándose todo lo rápido que le permitían los tacones de siete centímetros. Su corazón se hundía con cada paso tambaleante. Estaba completamente sola. Pero el momento de la autocompasión tendría que esperar. Necesitaba un plan. Rápido. Volvió la mirada hacia el instituto.

El lugar, ventoso y gris, con amenaza de lluvia, se encontraba vacío salvo por dos figuras encorvadas, sentadas con las piernas cruzadas, junto al asta de la bandera. "¡Ajá!".

"Perrrrrfecto", ronroneó.

—Encuéntrenseconmigoalavueltabajolasgradasenfrentedelamáquinaexpendedorasialguienestáahíignórenme —les susurró Cleo al pasar. Pisando fuerte, subió los escalones de cemento sin mirar atrás.

Hizo el numerito de abrir su taquilla y meter el libro de Historia en su bolso dorado, por si acaso Billy, el chismoso, estaba merodeando por allí. Aguzó el oído por si lo oía respirar y comprobó que no hubiera papeles de sugus por el suelo. Nada. Cleo salió rápidamente por la puerta lateral.

La parte trasera de Merston High era un lugar que Cleo rara vez visitaba. Para ella, las pistas eran algo que servía a los detectives del faraón para resolver crímenes, y el futbol, lo que hacía que nunca viera la tele los fines de semana por la tarde. Pero éste era un caso de vida o muerte. Había que hacer excepciones.

Bekka y Haylee estaban ya allí cuando llegó. Después de asegurarse de que no quedaba ningún deportista, Cleo subió a las gradas y se sentó justo en la de arriba de sus víctimas. Abrió el libro de texto, fingiendo que leía sobre el autogobierno en la Norteamérica británica. Después de otro vistazo rápido, golpeó su tacón de madera contra el aluminio de la grada.

—¿Pueden oírme? —murmuró—. Den un golpe si es que sí.

Golpe.

—¿Están solas en esto?

Golpe.

—¿Quién les habló de esta película? —susurró, preguntándose si había un chivato entre los RAD.

—Ross Healy. Canal 2 —murmuró Bekka en respuesta—. Brett me puso como referencia en el video de su currículum. Dije que era un gran director, pero fue antes de que Ross me contara lo de la película de propaganda zombi. Dios, ¿por qué no se me ocurrió preguntar *antes* de darle la referencia? Me siento tan...

Cleo golpeó el tacón.

—No hay tiempo para sentimientos. Sólo responde a las preguntas —pasó una página de su libro—. ¿Cuál es su objetivo?

—Primero, evitar que se extienda la propaganda promonstruo boicoteando la película. Segundo, demostrar que los monstruos viven en Salem y llevarlos a la justicia. Tercero, conseguir que Brett vuelv...

¡Golpe!

—Nada de sentimientos.

—Lo siento.

Cleo consideró atentamente las tres partes del plan. Su primer objetivo era el mismo que el de ellas. Al boicotear la película conseguiría que las chicas volvieran suplicando perdón y, más importante todavía, las comprometería de nuevo con *Teen Vogue*. Después hundiría a Bekka antes de que le diera tiempo de decir "segundo objetivo".

—¿Tienen un plan?

Golpe.

—Cuéntenme.

—¿Cómo sabemos que se puede confiar en ti? —preguntó Bekka, sacando ventaja en la conversación y lanzándosela a la cara.

—Estoy aquí, ¿no? —espetó Cleo.

—No es suficiente —se la devolvió Bekka.

Cleo apuntó con la lengua la grada de aluminio que estaba sobre la cabeza de Bekka. "¿Esta normi incauta tiene alguna idea de con quién está tratando?".

—Podrías ser una espía —explicó Bekka.

—Lo soy —soltó Cleo, pensando rápidamente—. Pero no estoy con ellos, sino contra ellos. Llevo años vigilándolos.

Hubo un intercambio de cuchicheos entre Bekka y Haylee.

—¿Por qué?

—Odio a los zombis. Es una larga historia —dijo Cleo, sintiéndose momentáneamente culpable por traicionar a Julia. Pero esto era la guerra. Y si sobrevivir significaba hablar mal de los muertos vivientes, así lo haría. Todo era para protegerlos.

—¿Quién es su líder? ¿Qué quieren? ¿Cuáles son sus debilidades?

Cleo apretó los labios. Quería sabotear la película, no destruir a sus amigos. Nobleza obliga.

—Deja que nos unamos a tu causa —insistió Bekka.

—Negativo. Trabajo sola.

—Entonces, ¿de qué nos sirves?

—¿De qué me sirven ustedes a mí? —contraatacó Cleo.

—Yo sé todas las contraseñas de Brett. Entraré en su computadora y borraré la película antes de que se emita.

"No está mal."

—¿Cómo vas a entrar en su casa?

—Trabaja en el instituto. En el aula de audiovisuales.

"Pero nada mal."

—¿Qué puedes ofrecer tú? —preguntó Bekka.

—Puedo descubrir cuándo terminará la película para que sepas cuándo borrarla —intentó Cleo.

Más cuchicheos.

—Bueno —accedió Bekka, como si le estuviera haciendo un enorme favor—. ¿Significa esto que estás con nosotras?

—Con dos condiciones —Cleo pasó otra página de su libro de Historia—. Una: nadie puede saber que soy un miembro de HUNT, ¿de acuerdo?

—¿Por qué no?

—¿De acuerdo?

Golpe.

—Y dos: tú y Haylee tienen que parar de escribir esa estúpida novela para celulares sobre mí.

—¿Sabías eso? —preguntó Haylee con voz de pito.

Cleo dio un golpe con el tacón.

—Te refieres a *Bek ha vuelto y con más fuerza que nunca: la verdadera historia del retorno a la popularidad de una chica después de que otra chica de cuyo nombre no quiero acordarme (¡CLEO!) se le insinuara a Brett y Bekka le diera una paliza y ella, básicamente, le contara al instituto entero que Bekka era violenta y había que evitarla a toda costa*. Sí, sabía eso.

Los cuchicheos subieron como el humo a través de los huecos de las gradas.

—¿Trato hecho? —preguntó Cleo, impaciente.

Golpe.

—Bien —Cleo se levantó y bajó las gradas haciendo ruido—. Estaré en contacto con ustedes.

CAPÍTULO 19
UN ARDIENTE TERCER GRADO

Desde fuera, el cobertizo que Brett tenía en el jardín resultaba menos atractivo que una deshilachada cuerda de hacer *puenting*. Relegado al extremo más lejano del cuadrado de césped —detrás de la cabaña en el árbol, la barbacoa y un terreno de juego de pelota—, era el niño tímido de la fiesta que contemplaba cómo todos los demás se divertían en la pista de baile. Su deteriorado exterior de cedro estaba cubierto de telarañas, costras de hojas, maleza y cacas de pájaro. Las ventanas tenían regueros de barro. No era precisamente el tipo de sitio al que un caballero llevaría a una dama en su primera cita. Pero Frankie no era una dama normal y corriente. Y ésta no era una cita normal y corriente.

—Es aquí —dijo Brett, abriendo la puerta corrediza.

Un par de relucientes ojos rojos volaron hacia ellos desde el fondo del cobertizo y se pararon en seco frente a la cara de Frankie. De no haber visto antes al murciélago de hule negro subiendo y bajando de un elástico, Frankie podría haber estado echando chispas hasta el día de Acción de Gracias.

—Qué lindo —dijo, cosquilleando su barriga hinchada. Vio las palabras *Made in China* grabadas bajo su ala.

Brett sonrió, aliviado.

—Bekka odiaba a *Radar* —dijo, sacudiendo la cabeza ante lo increíble de que a Frankie le gustara—. Lo odiaba todo en este lugar.

Levantó el brazo para tirar de la cadenita que pendía de un foco rojo. Frankie inhaló el olor a pino de su desodorante hasta que le llegó a la panza.

—¿Qué te parece? —preguntó Brett, en medio de un resplandor infernal.

Si hubiera habido una palabra más adecuada que electrizante, Frankie la habría usado. En vez de eso, se dejó caer en el futón negro y miró a su alrededor en silencio, fascinada, dejando que sus enormes ojos lo dijeran todo.

Había montones de cintas en VHS de clásicos de terror, pegadas entre sí hasta la altura del hombro formando pedestales, sobre los que había expuesto los bustos de sus monstruos favoritos: Frankenstein, Drácula, Godzilla, Big Foot, un zombi, un hombre lobo, el monstruo del Lago Ness, y el jinete sin cabeza con un recorte de revista de uno de los actores de *The Hills* pegado al cuello. Las paredes estaban empapeladas de arriba abajo con pósteres antiguos de películas de Frankenstein. Ordenados cronológicamente y plastificados, los retratos del abuelo Stein salvaban el aspecto del cobertizo acercándolo más a un museo que a una chatarrería. Y mejor todavía, para Frankie eran la confirmación de que Brett no es que simplemente la aceptara... sino que la había estado esperando.

—Es como un minimuseo —dijo ella al fin.

—He estado coleccionándolo desde que tenía siete años —dijo Brett, al tiempo que se sentaba a su lado—. Es raro, pero si lo piensas, conocí a tu familia antes que tú.

Frankie giró el cuerpo para mirarlo a la cara. Brett se giró para mirarla a ella. Apoyó el codo en el respaldo del sofá y dejó que su mano colgara cerca de la barbilla de Frankie. Esmalte negro de uñas, anillo con una calavera de plata y un reloj verde sobre una gruesa pulsera de cuero; parecía como si lo hubieran diseñado para ella.

—¿Sabes qué quedaría genial aquí?

Brett negó con la cabeza.

—El vestido de novia de la abuela Stein.

—¿Te refieres al que llevabas puesto en el baile? Era...

Frankie asintió.

—Sí. El de la *verdadera* novia de Frankenstein —dijo, anticipando emocionada la emoción de él.

Mantuvo la sonrisa, esperando que él ahogara un grito. Estudió sus ojos color azul mezclilla, aguardando que se encendiera la chispa de reconocimiento. Comprobó sus labios rojos preparada para que se le descolgara la mandíbula. Pero Brett apenas se movió en absoluto. Se quedó contemplándola a través del marco irregular que formaba su lacio cabello después del instituto, de la misma manera que uno contemplaría un bello atardecer, con la expresión fija entre la admiración y la gratitud.

Brett se inclinó hacia ella. Frankie levantó la cara para encontrarse con la suya. Si hubiera llevado puesto ese precioso traje de novia de encaje, en vez de un vestido de algodón blanco y negro de manga larga... O tal vez ese vestido mini de chifón rosa fuerte. O una blusa campesina con jeans cortos, o una camiseta amarilla por debajo del hombro con pantalones pescadores... Pero todo aquello tendría que esperar hasta que triunfara la revolución RAD. No es que a Brett le importara. Sus labios se estaban acercando a los de ella con una sola cosa en la cabeza...

Frankie rápidamente comprobó las costuras de su cuello mientras cada chisporroteante vatio de electricidad en su interior parecía presionarla hacia la parte delantera de su cuerpo, empujándola más cerca de él. Como si necesitara que la empujaran... Cerró los párpados, entreabrió los labios y apoyó las manos suavemente sobre los brazos de Brett.

—Eh —dijo Heath Burns, irrumpiendo en la puerta corrediza.

Frankie y Brett se apartaron el uno del otro; las corrientes de deseo desplazado se quedaron ondulando entre ellos, sin saber adónde ir.

—Siento llegar tarde —dijo, arrastrando dos focos de pie de casi dos metros cada uno.

"No lo suficientemente tarde."

—No te preocupes —dijo Brett, al tiempo que se levantaba para echar una mano a su mejor amigo/ayudante de producción—. Nuestro primer entrevistado no ha llegado todavía, así que...

—Genial —enjugándose la frente con la manga de su sudadera morada, el delgado pelirrojo suspiró—. ¿Dónde quieres que te ponga esto?

Los chicos pasaron los siguientes quince minutos transformando el cobertizo en un estudio de cine. Cubrieron los salpicones de sangre falsa en las ventanas con fieltro negro. Apartaron el futón de la pared, para lograr profundidad. Devolvieron a *Radar,* el murciélago, a su posición original. Y pusieron los ocho pilares de VHS como fondo para la toma.

Una vez todo estuvo preparado, Heath encendió las luces. El set cobró vida.

—Oye, esto va a ser la locura —dijo, admirando su trabajo.

—Sabes que esto es secreto, ¿verdad? —preguntó Frankie, aunque Brett le había asegurado infinitas veces que podía confiar en su amigo normi—. Nadie puede saber dónde estamos rodando, o quiénes estamos rodando. Jamás.

—¿Por qué crees que llegué tan tarde? —preguntó Heath—. Me acosó la mitad del departamento de Teatro —explicó—. Parecía que me estaban dando caza en plena calle una horda de vampiros salidos de una película de serie B.

—Oye, me hubiera encantado estar allí —Brett se rio entre dientes—. ¿Cómo les diste esquinazo?

—Subí de un salto al autobús.

Brett soltó una carcajada.

—¿Dónde lo tomaste?

—Al otro lado del río. Tuve que tomar un taxi de vuelta, o habría llegado aún más tarde.

—Hombre, ¡vaya historia! —Brett chocó la mano con su amigo y luego se volvió hacia Frankie—. ¿Confías en él ahora?

Frankie iba a pedir disculpas cuando alguien llamó a la puerta.

—¿Quién es? —preguntó Brett.

—Jackson.

Heath descorrió la puerta e invitó a pasar al primer entrevistado. Sólo verlo llenó a Frankie de culpabilidad. En algún lugar debajo de sus gruesas gafas negras y su cabello alborotado, D. J. estaba esperando salir. Y cuando lo hiciera, esperaría encontrar a Frankie, no a Frankie y Brett.

Pero ¿qué podía hacer ella? ¿Compartir a ratos con Melody a su novio? ¿Propugnar el calentamiento global? ¿Negar sus sentimientos para no herir los de él? Afortunadamente, Jackson no había sudado desde hacía más de una semana, así que todavía no se había convertido en un problema. Pero sólo faltaban nueve meses para el verano. Tarde o temprano tendría que decirle a D. J. la verdad.

—¡Qué agradable lugar! —dijo Jackson, sentándose en el futón sin pedir permiso.

—¿Dónde está Melody? —preguntó Frankie.

—Sus padres la obligan a tener una noche de juegos en familia. Se durmió durante la última o algo así —respondió Jackson, sacando el celular—. Dice: "Intentaré ir más tarde". Así que, ¿cómo funciona esto? —preguntó, frunciendo los ojos ante el resplandor de los brillantes focos.

—Frankie te hará las preguntas detrás de la cámara, yo grabaré y Heath hará el audio —explicó Brett, muy profesional de pronto—. Asegúrate de mirarla a ella, no directamente a la cámara. No te preocupes... no mencionaremos tu nombre y tu cara saldrá desenfocada.

—¿Preparado? —preguntó Frankie, desdoblando su lista de diez preguntas.

Jackson se remangó la chaqueta y cruzó las piernas. La puntera de hule de sus tenis estaba decorada con una gigantesca M en bolígrafo rojo.

—Listo —dijo.

—¿Por qué eres especial? —empezó Frankie.

—Podríamos decir que tengo doble personalidad. Hay dos personas viviendo dentro de mí.

—¿Por qué eres así?

—Mi abuelo era el doctor Jekyll. Se volvió adicto a una poción que le daba valentía para realizar sus más oscuras fantasías. Alteró su código genético, que pasó a su hijo, mi padre. Hay rastros de ello en mi sangre. Cuando sudo, salen. Los químicos de mi sudor disparan algo en mi cerebro. Como un gatillo, que activa a D. J. Es mi otra mitad.

—¿Desde cuándo sabes esto?

—Alrededor de una semana.

—¿Cuándo te diste cuenta de que eras diferente?

—Siempre supe que tenía ausencias mentales, pero no que me convertía en un juerguista llamado D. J. Hyde, hasta que mi novia me enseñó un video de la transformación teniendo lugar. Me quedé impactado —Jackson empezó a mover el pie con nerviosismo. Brett bajó la cámara para captar su estrés.

—¿Qué es lo mejor de ser un RAD?

—Ser parte de una comunidad que cuida de los demás.

—¿Cuál es la peor parte de ser un RAD?

—Tener que esconderse.

—¿Consideras que tú o D. J. son peligrosos?

—Sólo el uno para el otro. Mi madre no le ha hablado de mí todavía porque no está segura de cómo va a tomar la noticia. Puede ponerse celoso e intentar ocultarme o algo. Además, tengo la sensación de que D. J. no estudia tanto como yo. Así que podría estropear seriamente mi promedio. Y a mí no me gustan tanto las fiestas, así que podría arruinar su vida social. Pero aparte de eso… no, la verdad es que no.

—¿Cómo cambiaría tu vida si no tuvieras que ocultar tu identidad?

—Haría deporte, porque no tendría que preocuparme de sudar. Iría a la playa. Mi madre podría poner la calefacción en invierno. Ah —Jackson buscó en el bolsillo de su chaqueta y sacó su miniventilador—, y me libraría de esto —lo puso en marcha y dirigió las aspas hacia su cara.

Frankie sonrió y levantó el pulgar hacia él. La exposición había sido genial.

—¿Por qué accediste a aparecer en este documental?

—Quiero que los normis, eh… la gente normal vea que soy una buena persona que está cansada de esconderse y cansada de avergonzarse de ser quien es.

—Gracias, Jackson, hemos terminado.

—Pensaba que habías dicho diez preguntas —dijo—. Fueron sólo nueve.

Brett bajó la cámara.

—Tienes que hacerle la última pregunta. Será la mejor parte del programa.

—Creo que ya tenemos suficiente —dijo Frankie, doblando cada vez más el folio de preguntas hasta que ya no pudo continuar—. Tenemos seis entrevistas más esta noche. Debemos atenernos al tiempo previsto.

—¿Cuál era la pregunta? —quiso saber Jackson.

Frankie bajó la mirada.

—Esperábamos que, de alguna manera, pudieras, ya sabes, dejarnos hablar con D. J. —dijo Brett.

El tobillo de Jackson dejó de moverse.

—¿Hablas en serio?

Frankie deseó saltar por las ventanas cubiertas de fieltro y salir disparada. Romper con D. J. iba a ser bien difícil. ¿En serio que tenía que ser esa noche? ¿Delante de todos?

—Amigo, la transformación será lo más espectacular de la película —añadió Heath.

—Sería genial —dijo Brett—. Los normis verían que, incluso en tu peor momento, no tienen nada que temer.

Frankie se estremeció. Estaba incómoda con esto, pero Heath tenía razón. Sería bueno para el documental. Y lo bueno para el documental era también bueno para los RAD.

Jackson se echó para atrás y lo consideró.

Frankie, Brett y Heath esperaron en silencio.

—Con una condición —dijo Jackson por fin.

Frankie apretó los puños. Sabía qué venía después.

—Rompe con D. J.

—¿Romper? —preguntó Brett, sorprendido—. ¿De qué estás hablando?

—Por favor —Frankie puso los ojos en blanco—. No tenía la cabeza en su sitio esos días. Fue algo que hice totalmente por despecho.

—Bueno, entonces estoy con Jackson —dijo Brett—. Definitivamente, deberías romper con él.

—¿Por qué? —Frankie soltó una risita.

Las pálidas mejillas de Brett enrojecieron. Ya tenía su respuesta.

—De acuerdo —accedió—. Suban la potencia de las luces.

Diez minutos después, del calor que había en el cobertizo se podía cortar el aire. Frankie y los chicos contemplaban a Jackson como si fuera una olla que se negara a hervir.

—Inténtalo dando saltos —sugirió Brett. La cámara se hallaba fija en el trípode, enfocando a Jackson, preparada para la acción. Brett estaba apoyado en la pared, con las mejillas sonrosadas y el pelo húmedo de sudor. Jackson saltó. El cobertizo tembló. Brett lo hizo parar.

—¿Qué tal unas flexiones? —propuso Frankie.

Jackson obedientemente se echó al suelo y empezó a hacer flexiones.

—¿Cómo puedes no sudar? —preguntó Heath, apoyándose en la ventana cegada y abanicándose la cara con el horario de autobuses—. Yo apenas puedo respirar —se abanicó más fuerte, levantando el polvo del alféizar de la ventana. Parpadeó varias veces, contrajo las fosas nasales y... a... a... a... ¡chís! Estornudó con la fuerza de un huracán, desatando una bocanada de fuego. Antes de que pudiera hacer algún estrago, lo sorbió de nuevo adentro de su boca, como si fuera un espagueti.

Nadie se movió. De las puntas de los dedos de Frankie cayeron unas gotas de color melocotón, como cera de vela derretida. Se le había licuado el maquillaje.

Brett quitó el ojo del visor de la cámara y se volvió hacia su amigo.

—Qué dem... —susurró.

—No sé —Heath se encogió de hombros—. Empezó a pasar más o menos cuando cumplí quince. Sobre todo cuando eructaba o, ya sabes... —señaló su trasero—. Nunca cuando estornudo. Y las llamas no suelen ser tan grandes.

—¿Por qué no me lo habías dicho nunca? —preguntó Brett, un tanto ofendido.

—Oye, me daba vergüenza.

Se quedaron inmóviles, mirándose mutuamente. Las comisuras de la boca se les fueron curvando hacia arriba conforme la realidad iba abriéndose camino en sus cerebros.

—¡Eres un RAD! —gritó Brett con alegría.

—¡Soy un RAD! —le gritó Heath en respuesta, levantando sus cejas pelirrojas con incredulidad.

—Miren —Frankie señaló el futón.

Jackson, empapado en sudor y como ausente, tenía la mirada clavada hacia delante mientras sus ojos pasaban del color avellana al negro, del negro al avellana, del avellana al negro y finalmente al azul. Su pelo castaño se aclaró un par de tonos hasta llegar a un rubio arena, y una ligera barba de tres días se formó alrededor de su mandíbula.

"Esto es nuevo", pensó Frankie.

D. J. había llegado.

—Aquí huele como a pan quemado —dijo, cambiándose el pelo de derecha a izquierda. Se quitó la chaqueta marrón de Jackson, hizo una pelota con ella y la lanzó a la otra punta del cobertizo—. ¡Dinamita! —se puso en pie—. ¿Dónde estabas?

Asombrada por la nueva transformación, Frankie chisporroteó al replicar:

—Eh, ¿dónde estabas *tú*?

D. J. se rascó la coronilla.

—Alguien es un poco dependiente —sonrió con suficiencia—. Estuvimos juntos ayer por la noche. Antes de que tuviera otra crisis de ausencia...

—La verdad es que hace casi una semana.

—No te preocupes. No tienes que inventar cuentos. Es muy grato de tu parte que me echaras de menos. Yo también te eché de menos —se detuvo—. Espera, ¿qué está haciendo ahí el novio de Bekka? ¿Para qué es esa cámara?

—Estamos haciendo una película sobre gente especial, y tú eres especial, así que queríamos hacerte algunas preguntas.

—Mientras pueda hacerte yo una cuando hayamos terminado... —dijo, enrollando las mangas de la camisa azul marino de Jackson y acomodándose en el futón. A diferencia de su otra mitad, D. J. extendió los brazos en el respaldo, como una estrella de *rock* entre dos supermodelos invisibles.

—Está bien —accedió Frankie, con las manos temblorosas—. Vamos allá —rebuscó entre sus notas, manchando de maquillaje el borde del papel—. Pues, a ver... ¿por qué eres especial?

—Soy divertido, me tomo las cosas con tranquilidad y consigo buenas notas sin estudiar.

—¿Por qué eres así?

—Un tercio de genes, dos tercios de encanto.

—¿Genes? ¿Los genes de quién? —insistió.

—Del viejo Hyde. Era un juerguista loco. Leí sus diarios y, créanme, le faltaba un tornillo.

Frankie pensó en hablarle de Jackson justo en ese momento. ¡Imaginen qué secuencia! Oprah lo habría hecho. Pero ése no era el papel de Frankie. Debía hacerlo su madre. La madre de *ellos*. Lo único que Frankie podía hacer era saltarse algunas preguntas y rezar para que D. J. no viera la entrevista de Jackson cuando la emitieran.

—¿Por qué accediste a aparecer en este documental?

—Porque tú accediste a que yo también te hiciera una pregunta.

Frankie se rio. Era encantador.

—De acuerdo, ¿cuál es tu pregunta? —le hizo un gesto a Brett para que apagara la cámara. Cosa que él hizo inmediatamente. Se armó de valor para enfrentarse a lo inevitable, recordando a su conciencia culpable que al hacerle daño ayudaría a Jackson, a Melody, a Brett y a sí misma. Los beneficios superaban los costos, con creces.

—Me preguntaba… —dijo D. J., quitándose las gafas de Jackson. Sus ojos azules irradiaban sinceridad. De pronto, daba igual lo bien que Frankie hubiera racionalizado romperle el corazón. No podía hacerlo. Él no se lo merecía—. ¿Dinamita?

—Sí —dijo Frankie mirando la punta redondeada de sus botas grises. Los tornillos le estaban empezando a picar.

—¿Te importa si quedamos con más gente?

—¿Qué? —Frankie estalló en carcajadas.

—Sé que no esperabas esto —dijo, tomándola de la mano—. Lo lamento. Es que siento como si mi vida estuviera demasiado dispersa ahora mismo, nunca sé dónde voy a estar de un momento a otro. Y eso no es justo para ti.

Brett y Heath se rieron por lo bajo.

—Lo entiendo completamente —sonrió Frankie. Abrió la puerta del cobertizo, buscando desesperada una corriente de aire fresco y el regreso de Jackson.

Pero antes de que la transformación ocurriera, levantó el dedo y le dio a D. J. un chispazo en la mejilla.

Él se frotó la diminuta mancha roja, contento, y le preguntó por qué.

—Algo para que me recuerdes.

—Siempre te recordaré, Dinamita —le guiñó el ojo.

El hueco del corazón de Frankie se expandió. Caritas alegres de electricidad llovieron en su interior como fuegos artificiales. Y después sus ojos se tornaron negros. Luego azules. Luego volvieron al avellana.

El cambio estaba definitivamente en el aire.

CAPÍTULO 20

LA GUERRA DE LOS RETRETES

Melody estaba con el hombro apoyado contra la puerta del servicio, contenta de tener al menos tres minutos para hacer pis antes de su clase de Lengua. Una clase más antes del fin de semana... Pero como si le importara. No había tiempo para quedarse dormida. Tampoco para conseguir tomarse con Candace "un café con leche semidecente", ni alquilar una comedia romántica para ver con Jackson. No cuando tenía que revisar todas y cada una de las entrevistas a RAD que habían grabado durante los últimos ocho días. No cuando Ross esperaba un primer borrador el lunes para poder dar las últimas indicaciones. No cuando lo iban a emitir el jueves. El deber NUDI manda.

En vez de los olores típicos del servicio de la tercera planta, Melody detectó aroma de ámbar al entrar en el baño de las chicas. Tucán, de Beverly Hills, se hubiera ido corriendo a la segunda planta. Pero la Melody de Salem se negó a huir.

Cleo salió del retrete del medio y fue hacia el lavabo pisando fuerte con sus sandalias de plataforma de madera. Los triángulos dorados de sus pendientes se balanceaban al mismo ritmo del vuelo de su minifalda negra y verde esmeralda. Su estilo de patinadora *artística* —con énfasis en "artística"— era algo tan únicamente suyo, tan increíblemente favorecedor, que Melody no pudo evitar cuestionar la ropa que llevaba: su amplia camiseta blanca, sus pantalones anchos color caqui y sus tenis azul marino. De repente se sentía débil, como una campesina en presencia de la familia real.

—Hola —dijo Melody sobre el estruendo de la secadora de manos—. Bonito vestido.

Cleo apretó el botón plateado para que saliera otra ráfaga de aire.

Era evidente que culpaba a Melody por arruinar la sesión de fotos de *Teen Vogue,* por haber hecho que se peleara con sus amigas y, sencillamente, por ser una normi de nacimiento. Pero era más fácil atraer a las abejas reinas con miel que con vinagre, así que Melody se esforzó en ser dulce.

—¿Sabes?, sabía de sobra que estabas aquí, porque olí tu perfume de ámbar, que me encanta. He leído que las chicas con perfume característico tienen más ambición que las que no lo tienen.

Cleo respondió con una tercera ráfaga de aire.

"Sé dulce… Sé dulce… Sé dulce…"

—Hoy en la comida tus amigas comentaban cuánto te echaban de menos —mintió Melody, haciendo caso omiso a la creciente presión en su vejiga. La verdad era que Clawdeen había visto a Cleo yendo a clase con Bekka y Haylee, y la había dado completamente por perdida—. Quieren que vuelvas.

Por fin Cleo la miró a los ojos.

—Ah, ¿entonces también estás sentándote con ellas ahora? —soltó, paralizando a Melody con su mirada fija.

Era obvio que Cleo se sentía amenazada. De existir un momento para hacer dulcemente las paces, ése hubiera sido. Pero el único sabor de boca que tenía Melody era el del vinagre.

—¿Qué pasa contigo? —escupió, casi—. Sólo estoy intentando ayudar, y tú me tratas como si fuera el Imperio romano, o algo parecido.

Cleo abrió los ojos en señal de advertencia. Pero Melody no pudo contenerse. Su determinación, combinada con la capacidad que tenía para desarrollar una metáfora histórica, le dio más seguridad en sí misma que la que le daría jamás un vestido de patinaje artístico.

—No estoy intentando destronarte —continuó Melody—. Yo sólo…

—¡Shhh! —siseó Cleo, señalando hacia el primer retrete donde, suspendidas sobre el suelo de vinilo, había un par de botas color melocotón.

—Mira —susurró Melody, negándose a calmarse—, nunca he pretendido separar a nadie. Sólo defiendo aquello en lo que creo.

—Yo también —insistió Cleo, con los pendientes triangulares balanceándose a la vez.

—¿Cómo? ¿Eligiendo una sesión fotográfica? ¿Es eso lo único que te importa? ¿Y la igualdad de derechos y…?

Cleo dio un taconazo en el suelo.

—¿De qué estás hablando? ¿Perdiste por completo la cabeza? ¿Te agarraron los zombis a ti también?

"¿Qué?"

Melody buscó una explicación en los ojos azules de Cleo; un guiño, una lágrima, una señal… una pista abriéndose camino hacia ella antes de hundirse en la confusión. Pero Cleo no le ofreció nada. Su mirada era dura y fría, igual que la de Bekka cuando descubrió el video de Jackson.

—Espera —sonrió Melody con satisfacción—. Ya sé lo que está pasando. Has estado juntándote con Bekka y...

Riiing. Riiing. La última clase iba a empezar. Aun así, Melody no podía parar. Cleo era una bicha reina, pero merecía saber la verdad.

—No puedes confiar en Bekka. Debes tener cuidado.

Tiraron de la cadena.

Apareció Bekka.

Melody entró corriendo en el último retrete y cerró la puerta de un portazo. Pero la vergüenza, la rabia y los remordimientos la siguieron hasta allí igualmente. ¿Cómo podía haber sido tan tonta? Las botas de color melocotón, el inesperado comentario sobre zombis, la mirada de advertencia... Cleo había intentado decírselo, pero Melody se había dejado seducir demasiado por su propio discurso como para ver las pistas.

—¡Eh, Melopea! —gritó Cleo, sobre el ruido del agua del grifo—. Gracias por el aviso.

Bekka soltó una carcajada y después salieron juntas, dejando atrás a Melody para que se ahogara.

CAPÍTULO 21

¡CORTEN!

Merston High estaba desierto y pobremente iluminado. Nadie que tuviera una vida iría al instituto un domingo. Pero los que no tenían una que valiera la pena eran los que preocupaban a Cleo; los que hacían el *friqui* en el aula de audiovisuales hasta que el conserje de fin de semana los mandara a casa. Ya que se darían cuenta de que la visita de Cleo a su templo tecnológico era sospechosa. No sólo porque su exótica belleza destacaba entre su mediocridad como un lirio en un campo de coles, sino porque nunca antes se le había ocurrido siquiera entrar en aquella guarida subterránea... y menos durante las mejores horas para tomar el sol. Si no sospechaban un delito de guante blanco, supondrían que Cleo no se podía pagar su propia computadora. Ninguna de las teorías era buena para su reputación.

Así que allí estaba, pasando el domingo en los servicios del sótano en vez de disfrutar de un triple "S": Sol, Spa y Salir de compras. Estaba esperando un mensaje de Bekka de "todo despejado". En cuanto se fueran los *friquis,* Bekka entraría en la computadora de Brett y borraría *Monstruos de lo más normales*. Gracias a que Cleo tenía acceso a las páginas de Facebook de sus amigas, supo que Ross lo esperaba hacia el final del lunes. Cleo exhaló dos semanas de ansiedad en el aire perfumado de cloro. Por fin, se acercaba el final.

Revisó su iPhone. Cero mensajes.

"Puaff."

Le costaba creer que Deuce no hubiera recapacitado. Le había escrito a Cleo un mensaje la noche de su pelea, pidiéndole que lo "reconsiderara". Ella le había respondido: LA PELÍCULA O YO. A lo que él respondió: AMBOS. Ella tecleó: RESPUESTA EQUIVOCADA y lloró sobre un montón de pelo de gato durante horas.

Tuvo que hacer acopio de toda su fuerza con el fin de hacerse la dura y no presionarlo para que cambiara de opinión, sobre todo ahora que la joroba de su corazón se estaba quedando peligrosamente falta de confianza. Pero si ella no le enseñaba la importancia de poner a tu novia por encima de todo lo demás, ¿quién lo haría?

¿Y sus amigas? Definitivamente pensaba que habrían vuelto ya a esas alturas. Ésa era la razón de que no hubiera avisado a *Teen Vogue* de que faltaban dos modelos y una ayudante de estilista. Con la sesión de fotos dentro de cuatro días, su necesidad de confesar se iba volviendo más y más urgente. Los contactos profesionales de Cleo estaban en juego, por no mencionar la confianza que su padre había depositado en ella. Si decía la verdad ahora, la revista podría reemplazarlas. Pero ¿el mismo día? ¿Querrían siquiera hacerlo?

Cleo comprobó de nuevo el teléfono. Seguía sin mensajes todavía. ¿De verdad sus amigas se lo estarían pasando bien sin ella? ¿Era incluso posible?

Aun así, Cleo se aferraba a la esperanza.

¡Ping!

De no ser por las constantes actualizaciones de Bekka sobre HUNT, el celular de Cleo hubiera muerto de soledad.

Para: **Cleo**

10 oct., 16:03

BEKKA: ¡TODO DESPEJADO!

Una mano con guante de hule rosa llegó hasta ella y arrastró a Cleo a una sala atestada de computadoras.

—Corre —insistió Haylee, cerrando la puerta tras ellas y asegurando la contraventana. Su conjunto de vigilancia (chaqueta naranja con *leggins* a rayas malva y gris) no hubiera llamado más la atención ni con luces de neón y tocando *death metal* a toda potencia.

—¡Eh! —gritó Bekka desde una computadora de la tercera fila. Ya estaba tecleando, pero paró para saludarla con un guante de hule azul—. Esto es más fácil de lo que pensaba. Debería estar listo en un minuto.

Cleo hizo una mueca, abanicando el aire enrarecido de la habitación. Olía como un avión en clase turista detrás de un pasajero que estuviera comiendo Doritos con sabor a queso. Latas de refrescos y arrugados envoltorios de comida rápida desbordaban la papelera junto a la puerta, como intentando escapar del enloquecedor zumbido de las máquinas y las poco favorecedoras luces fluorescentes.

—Espera —dijo Haylee, metiendo la mano en su maletín y sacando un par de manoplas de lana roja—. Póntelas antes de que toques nada.

Cleo tomó con dos dedos aquellas manoplas que seguro picaban, como si estuvieran recubiertas de caca.

—Ah, y aquí hay una muñequera de HUNT —añadió, sacándose del brazo una pulsera amarilla destrozada—. Fundí mis viejas pulseras, ¡y *voilà*!

—¿En serio?

Haylee bajó sus gafas de montura de carey y miró agresivamente a Cleo como diciendo: "¿Por qué no iba a estar hablando en serio?".

—Parecen varios chicles masticados.

—Perfecto —Haylee soltó una risita—. Estamos intentando *unir* al equipo.

"¡Santo Geb! ¿Serán todos los normis tan raritos?"

Cleo deseó decirle a Haylee en qué parte de su cuerpo podía *unir* las molestas manoplas y la grumosa pulsera, pero no iba a entrar en una lucha de poder en ese momento. ¿Por qué seguir arruinando un domingo que ya estaba arruinado? Además, HUNT era sólo el medio para llegar a un fin. Y ese fin estaba cerca.

—¿Qué puedo hacer? —preguntó Cleo, intentando no respirar.

—¡ESCÓNDETE! —medio gritó, medio susurró Haylee.

—¿Qué? —se volvió Cleo.

—¡Agáchate y silencia los timbres que tengas!

Haylee echó a correr desde donde estaba y lanzó a Cleo contra el suelo. Juntas se arrastraron por la alfombra cubierta de migas hasta el fondo de la tercera fila. Con quemazón en las rodillas, Cleo lamentó su decisión de llevar minifalda casi tanto como lamentaba haberse unido a esta caótica operación. Conociendo a Haylee, aquello probablemente fuera sólo un simulacro.

Gatearon a toda prisa bajo la larga mesa rectangular hasta llegar a Bekka.

—¿Quién era? —susurró Cleo, recolocándose la minifalda con bandas de chifón negro y rosa para evitar que se le vieran los pantis.

—¡Brett! —articuló Haylee con los labios—. Y…

La puerta se abrió con un chirrido. Aparecieron dos pares de botas: unas gastadas de montaña y otras de plataforma hasta la rodilla.

"¡Frankie!"

Los pies entraron rápidamente en la habitación, y la pareja se sentó delante de una computadora en la primera fila.

"¿Qué están haciendo aquí?", preguntó Cleo levantando las cejas.

Bekka respondió encogiéndose de hombros. "Me lo tendrás que explicar tú. ¿No era ése tu trabajo?", preguntaron sus ojos, saliéndose de las órbitas.

"Estamos muertas", dijo Haylee cortándose el cuello con el dedo.

Cleo levantó la mirada como reverencia a Hathor. Estaba a punto de pedir consejo y protección, pero al ver la constelación de mocos secos y chicles aplastados que había debajo de la mesa, decidió no implicar a la diosa en el asunto.

—¿Preparado? —preguntó Frankie.

Alguien empezó a teclear en la computadora, se detuvo después de unos segundos y suspiró.

—Preparado —dijo Brett.

—Buena suerte.

—No podría haberlo hecho sin ti. Quiero decir, no lo *habría* hecho sin ti —dijo él. Entonces sonó un beso.

Bekka puso en blanco sus ojos verdes, que se empezaban a llenar de lágrimas. Bajó la cabeza y la escondió, gimiendo suavemente, bajo el vaivén de su ondulada melena.

Cleo comenzaba a sentir pena por esa chica. Al contemplar el beso que le dio Melody a Deuce para vengarse de ella, había estado sudando ámbar durante un fin de semana entero; y eso que Deuce había sido *atacado*. No podía ni imaginar cómo se sentiría Bekka al saber que a Brett de verdad le gustaba Frankie. Y Cleo no lo iba a intentar. ¡No podía! Bekka era el enemigo. Era peligrosa. Daba igual lo patética que pudiera resultar en ese momento.

Bip…

Alguien había empezado a hacer una llamada en modo altavoz.

Bip… bip. Bip… bip. Bip… bip.

—Ross Healy —respondió un hombre nada más sonar.

—¡Qué pasa, hombre! Soy Brett.

—Y Frankie —soltó una risita.

Bekka levantó los ojos al cielo.

—Lo acabamos de enviar —dijo Brett.

Cleo soltó un grito ahogado y después se tapó la boca. "¿Lo acababan de enviar? ¿Hoy? Pero ¡si no tenían que hacerlo hasta mañana!"

Bekka le lanzó una mirada asesina de "¿cómo pudiste meter la pata de esta manera?". Cleo se quitó del zapato una pelusa de la alfombra, fingiendo no darse cuenta.

—Eh, Bretty, gracias otra vez por conseguirlo un día antes. En la cadena están deseando verlo.

—Siempre que quede claro que es un borrador —le recordó Brett—. Puedo cambiar lo que haga falta. No tienes más que decírmelo.

—De acuerdo. Gracias de nuevo, muchacho. Estaré en contacto contigo.

La línea se cortó.

—Espero que esto funcione —dijo Brett, con aspecto nervioso.

—Funcionará —le aseguró Frankie—. Ya lo verás.

Si alguien pudiera estar ahí para tranquilizar a Cleo... Alguien que le dijera que no había echado a perder la mejor oportunidad de su vida. Alguien que le dijera que encontraría la forma de recuperar a sus amigas. Alguien que le dijera que este documental no cambiaría la vida tal como ella la conocía, aunque ya lo había hecho. Porque le gustaba esa vida. Las cosas iban por donde ella quería. La gente la escuchaba. Y nadie...

Sonó un celular.

—¡Hey! —Brett respondió en modo altavoz—, ¿todo bien?

—Todo genial, Brett —dijo Ross—. Siempre que me digas que fue una broma y que me vas a mandar la película de verdad en 0.2 segundos.

Bekka levantó la cabeza.

"¡Geb existe!"

—¿Qué quieres decir? —preguntó Brett.

—¿Que qué quiero decir? ¡Quiero decir que todas las caras están desenfocadas! —gritó Ross—. Nuestros telespectadores van a pensar que tienen cataratas. No podemos emitir esto. Envíame la versión en limpio.

Bekka y Haylee se intercambiaron una luminosa sonrisa y chocaron silenciosamente las manos. Esto era justo lo que querían ("¡claro!"). Y justo lo que temían los RAD.

Otra tontería de Frankie Stein. ¡Qué sorpresa!

"¿Ahora qué?", pensó Cleo preocupada. Una versión en limpio supondría el final de los RAD. Sus identidades quedarían expuestas. Descargarían sus imágenes en Internet por todo el mundo. Serían un blanco fácil. Experimentos científicos. Cabezas de turco. Por muy dóciles y encantadores que parecieran en las entrevistas, los normis encontrarían alguna razón para temerlos. Alguna razón para discriminarlos. Alguna razón para odiarlos. Siempre lo hacían.

Cleo deseó hundirse en un baño con perfume de lavanda. Quería acurrucarse con sus gatos y reír con sus amigas. Deseaba un domingo lleno de triples "S", y mensajes, y Deuce. Pero desde aquella vida parecían haber pasado siglos.

—Así que... ¿me lo mandas ya? —preguntó Ross.

—Este... —gruñó Brett.

"¡Detenlo, Frankie!"

—¿Brett?

"¡Frankie! Detenlo. ¡No dejes que lo haga!"

—¿En buen plan?

—Nosotros, sí —dijo Frankie—. Pero ¡tú no!

Cleo se mordió el labio inferior. Nada mal para una cabeza de tornillo.

—*¿Bretty?* —preguntó Ross, ignorando a Frankie.

—Lo siento. No puedo.

—Estás bromeando, ¿verdad? Es una oportunidad enorme —presionó Ross.

—Lo sé —suspiró Brett—. Pero lo prometí.

—¿Lo prometiste a quién?

—A mis amigos —respondió Brett.

Ross se rio entre dientes.

—¿Esos *friquis* son tus amigos?

—Sí, y necesitan protección.

—Tiene integridad, ¿sabes? —añadió Frankie.

—¿De verdad crees que vas a poder moverte en este negocio con *integridad*?

—No —dijo Brett—. Lo haré con mi talento.

—Vamos, muchacho. El talento no tiene nada que ver con el éxito.

—Ya, *Rossy* —se rio Brett—. Lo supe en el momento en que te conocí a ti.

Se cortó la línea.

Frankie y Brett se quedaron en silencio. Todo había terminado.

"¡De lujo!"

Cleo intentó imitar la frustración de los rostros de Bekka y Haylee, pero paró por miedo a parecer estreñida. Lo que más deseaba hacer era saltar de debajo de la mesa e ir dejando marcas de besos con aroma a frutos del bosque en cada pantalla de computadora de la sala. Geb la había vuelto a salvar. *Monstruos de lo más normales* era ya historia antigua. ¡No tenía que traicionar a nadie! Y sin crimen no hay castigo. Se quitó las manoplas rojas y dejó que cayeran en la alfombra. ¡Era libre!

—Lo siento mucho —dijo Frankie—. Trabajaste tanto en esto...

—Está bien —dijo Brett amablemente.

—No, no lo está —sollozó Frankie—. ¡Lo electrocuté todo otra vez!

—¿Cómo? Prometiste mantenerlos a salvo y lo hiciste.

Hubo una breve pausa y después otro sollozo.

—Se van a desilusionar tanto... ¿Cómo se los vamos a decir?

—Juntos.

Ooohhhhh. Cleo sintió cómo la calidez la inundaba, como el interior del volcán de chocolate que preparaba Hasina. Brett era bastante decente para ser un normi.

La puerta del aula se cerró con un derrotado *clic.*

Cleo salió de debajo de la mesa y se alisó la falda. Una de dos, o las luces fluorescentes le hacían las manos parecer lívidas o el estrés la estaba consumiendo sobremanera.

—¿Creen que afuera todavía hace sol?

Bekka se encogió de hombros, se enjugó las mejillas y se puso en pie.

—¿Ahora qué? —preguntó Haylee a la líder de HUNT mientras salía con prisa de debajo de la mesa.

—Empezamos de nuevo.

—No podría estar más de acuerdo —Cleo se colgó del hombro su arrugado bolso de mezclilla—. Ya nos veremos.

Sin una palabra más, cruzó la alfombra mugrienta y salió. Cada paso que resonaba por el pasillo desierto la acercaba más a empezar de nuevo... y a demostrar que había, efectivamente, vida después de la muerte.

Para: **RAD**

10 oct., 17:13

FRANKIE: SI TIENEN ALGO K VER CN EL DOCU, REUNIÓN DE EMRGENCIA EN MI JARDÍN MÑNA DESPUÉS DL INSTI @15:30. NO HACEN FALTA MANTAS. SERÁ CORTO. XXX

CAPÍTULO 22
MOMI HA VUELTO A CASA

Cleo fue la primera en llegar. Como la otra vez, atravesó el frondoso matorral siguiendo el rumor del agua y apareció en el jardín secreto de los Stein. La cascada rocosa aún caía, haciendo espuma. El perímetro de hierba seguía arreglado y húmedo. Y la neblina todavía bailaba sobre los márgenes de piedra de la piscina. Pero en esta ocasión, la visita le pareció completamente distinta. Porque esta vez Cleo se acababa de autobroncear con *spray y le hacía verdadera ilusión estar allí.*

Una brisa de media tarde le levantaba el flequillo hacia el cielo. Hacía demasiado fresco para llevar ese vestido corto color bronce con botines de satén negro y lazos por detrás, pero Cleo se sentía demasiado alegre como para arreglarse menos.

—Hola —canturreó.

Frankie estaba sentada sola en la piedra, dándole golpecitos con los dedos a las costuras de su muñeca como un gato con una hebra de lana.

—Hola —murmuró, sin levantar la cabeza. Hasta su sudadera gris de felpa parecía triste.

—¿Día de lavar la ropa?

Frankie levantó los ojos. Normalmente de color azul oscuro, su tono había degradado hacia el azul claro en contraste con su maquillaje rosa.

—¿Qué pasó? ¡Tienes unas bolsas más grandes que las de Mary-Kate Olsen cuando va de compras! —observó Cleo.

—Lo que tú digas.

Cleo pensó en recomendarle rodajas de pepino frías, una humeante taza del elixir del Nilo de Hasina para reponer la piel y una respuesta más ingeniosa. Después de todo, Frankie había demostrado ser una noble guerrera al rechazar a Ross, y merecía un poco de bondad. Pero tenía que estar absolutamente segura de ello.

—¿Qué estás haciendo aquí, de todas formas? —preguntó Frankie, más sorprendida que molesta.

—Recibí tu mensaje sobre el documental —dijo Cleo mientras se sentaba—. Y si no es demasiado tarde, quiero aparecer en él.

—¡Ja! —dijo Frankie con la boca cerrada. Aparte de eso, no había más que quisiera compartir. Por lo menos no hasta que los demás llegaran. Así que esperaron juntas en silencio.

No pasó mucho tiempo hasta que el jardín se convirtió en un hervidero de RAD. Se saludaban entre sí cariñosamente, con abrazos y energéticos choques de palmas. Había dejado de ser un grupo pasivo unido tan sólo por secretos; se veían a sí mismos como una fuerza, una facción proactiva en misión de vida o muerte para cambiar el mundo. Y su orgullo era palpable. Por todas partes alrededor de Cleo, las conversaciones surgían como burbujas, que estallaban salpicando el jardín de vertiginoso entusiasmo.

—El canal HBO querrá sacarlo. Le encantan las tragedias innovadoras.

—¿En serio? Yo lo veo más como una comedia.

—O un musical de Broadway.

—Oh, y seguramente algún autor intentará convertirlo en una serie para adolescentes.

—¿Tú crees que Oprah recomendaría los libros?

—Por supuesto. La enloquecen los marginados.

—Qué gracioso, pensaba que tú eras el enloquecido.

—Sí, es gracioso, yo pensaba que tú eras el gracioso.

—¿Viste los bocetos de Jackson? Sacó versiones en muñeco de todos nosotros.

—¿Se imaginan que les dan a ustedes mismos en un Happy Meal?

—Mmm. Me lo imagino todo el tiempo. Por cierto, ¿me lo parece a mí o alguien está asando un filete?

A pesar de que la ignoraran sus mejores amigas, Cleo se sintió sorprendentemente bien. De hecho, se sentía regia. Como una reina estoica, sabedora del inminente fin de su pueblo, aceptaba su soledad como un subproducto de su sabiduría, un "qué solo se está en la cumbre" o algo así. Pero no estaría sola mucho más tiempo. Frankie estaba llamando al orden en la reunión y, en cuestión de minutos, estas burbujas de conversación reventarían. Y la sesión de fotos de *Teen Vogue* estaría justo ahí para limpiar el desastre.

—Gracias por venir —empezó Frankie.

El aplauso fue clamoroso. En medio del fervor, Lala, Blue y Clawdeen seguían lanzando miradas de reojo a Cleo, probablemente preguntándose por qué estaba allí. Deuce le guiñó un ojo pero prefirió quedarse con sus compañeros de rodaje. Julia contemplaba a Frankie con expectación, dentro de su usual estado zombi. Claude y los otros hermanos Wolf lanzaron aullidos de triunfo. Melody y Jackson se hallaban en la primera fila de la multitud, con unas sonrisas tan enormes que las comisuras de los labios casi se unían entre sí.

Frankie se subió al borde de piedra, igual que había hecho la vez anterior. Pero en esta ocasión no silenció el retumbante sonido de las cataratas. Viveka y Viktor se quedaron al fondo de la muchedumbre, con los ojos bajos. Ellos ya lo sabían.

—Seré breve porque la mayoría de ustedes tienen un examen de Biología mañana...

—Sí, muchas gracias, Jackson —gritó Claude ásperamente desde el fondo.

—¿Qué tiene eso que ver conmigo? —enrojeció Jackson.

—La señora J es tu madre.

—Bueno, es su profesora. Y dijo que iba a ser su profesora también el año que viene si no aprobaban este examen.

Todos se rieron del comentario como si Jackson fuera el mejor humorista de la historia. Parecía más una noche de improvisaciones cómicas, que un lunes después del instituto.

—Eh —Frankie echó una chispa. Brett estaba de pie solemnemente a su lado—. Paren de hablar un momento y escuchen, ¿va?

La multitud se calló.

—Hemos trabajado muy duro en *Monstruos de lo más normales* y...

Claude se rio en voz baja.

—¡Oooye! —saltó Brett—. Esto es serio. No hay documental. Canal 2 no lo va a emitir.

Frankie hizo un mohín tan grande como por todos ellos. Un coro de gritos salió de los RAD.

—¿Qué?

—¿En serio?

—Es una maldita broma, ¿no?

—Por supuesto que está bromeando. ¿Por qué no lo iban a emitir?

Cleo cruzó las piernas autobronceadas y cerró los ojos. Se sentía como si estuviera hundiéndose en ese baño caliente, pero en vez de agua, la justicia la estuviera lavando. Y en vez de lavanda, el agua del baño estuviera impregnada del relajante aroma de "deberían haberse quedado a mi lado".

—La gente de la cadena dijo que sólo lo emitirían si mostrábamos sus caras —explicó Brett.

—¡No podemos hacer eso!

—¡Nos destruiría!

—Nos negamos —les aseguró Frankie.

El jardín se quedó en silencio salvo por el romper del agua. Durante un segundo, Cleo sintió pena de verdad por sus amigas. No porque fueran a perder la fama, sino por su fallido intento de conseguir la libertad.

—¡Bien hecho, Frankie! —gritó alguien. Billy empezó a aplaudir.

El aplauso era escaso al principio, pero empezó a crecer hasta que todos en el jardín estaban vitoreando a Frankie y a su pasión NUDI. Seguían apoyándola, pero su entusiasmo infantil había desaparecido. La luz se había escurrido de sus ojos. Su fuego se había reducido a un delgado jirón de humo.

Cleo se levantó con gracia. Enderezando sus refulgentes hombros, cruzó el césped. Pasó inadvertida entre la multitud de cuerpos, sintiéndose como un fantasma con la misión de reclamar su alma perdida.

Clawdeen la vio primero. Sus ojos entre amarillos y marrones, como dos piedras de ojo de tigre, atravesaron a Cleo. Aquellos ojos que una vez fueron inspiración para la primera colección de joyas de Cleo ahora parecían duros y fríos.

—Ho-hola —Cleo consiguió tartamudear.

Clawdeen les dio un codazo a Lala y a Blue. Las tres chicas la fulminaron con la mirada.

—¿Qué estás haciendo aquí? —preguntó Lala.

Se le había corrido la pintura roja de labios por la barbilla, pero Cleo no se atrevió a decírselo.

—Vine a ver si podía ayudar con la película, y entonces...

—¿Y tu queridísima carrera como modelo? —espetó Clawdeen.

—Cancelé la sesión de fotos. Tenían razón. Esto es más importante.

Las chicas intercambiaron sonrisas de satisfacción. Cleo estaba a punto de ampliarlo con una falsa bronca de Anna Wintour, quien tenía puestas sus esperanzas en su potencial como diseñadora y modelo, cuando una cálida brisa la distrajo al acariciar su hombro. Olía como a sugus de limón.

—¡Billy! ¡Deja de espiarnos!

—Oh, lo siento. No sabía que esta conversación era privada.

—Si no te vas de aquí ahora mismo, te voy a rociar de spray autobronceador. Y entonces vas a descubrir exactamente algo muy privado —Cleo meneó su dedo meñique, burlándose de Billy—. Todas lo descubriremos.

Las chicas no pudieron evitar reírse.

—Hasta luego, torpe —refunfuñó Billy. La brisa con aroma de limón desapareció.

—Así que —dijo Blue volviendo sus ojos azules al asunto—, ¿crees que podrías recuperar la sesión fotográfica otra vez? Ya sabes, ahora que el documental se fue al diablo.

—No sé. No he pensado en ello todavía —suspiró Cleo—. Supongo que podría intentarlo.

Clawdeen se enroscó en el dedo un rizo castaño. Llevaba las largas uñas esmaltadas a rayas amarillas y marrones.

—¿Crees que nos volverían a aceptar también a nosotras? ¿O ya se lo has prometido a tus nuevas mejores amigas?

Cleo frunció sus cejas depiladas de peluquería, con confusión.

—Bekka y Haylee —explicó Lala.

—¡Ni de broma! Nunca les pediría que hicieran de modelos. ¿Se han fijado en su estructura ósea? Es tan... normal.

Las demás asintieron, de acuerdo.

—Así que, ¿cabe la oportunidad de que todavía podamos hacerlo? —preguntó Clawdeen—. Ya sabes, si practicamos nuestras poses y hacemos nuestros ejercicios para no parpadear ante los flashes...

—Supongo que sí —dijo Cleo con indiferencia—. Si de verdad quieren hacerlo.

Ellas asintieron y chillaron y le dijeron que de verdad, de verdad, de verdad, de verdad querían.

—Clawdeen, estaba pensando... —dijo Cleo, acercándose para acariciar el pelo rizado de su amiga—. Podrías llevar los pendientes por tu cumpleaños, si quieres... ¡a lo mejor para una glamorosa foto de tu fiesta de dulces dieciséis!

—¿En serio? —chilló Clawdeen—. ¡Sería increíble!

—¿Significa eso que me perdonas por haber sido tan egoísta? —preguntó Cleo.

—¿Nos perdonas tú por ser tan críticas? —dijo Lala.

—Sólo si tú me perdonas por decirte que te quites la mancha de pintalabios de la barbilla.

—Mil gracias —reprochó Lala a Blue y a Clawdeen—. ¿Por qué no me lo habían dicho?

—Estábamos demasiado preocupadas mirando la línea torcida de tu lápiz de ojos, para darnos cuenta —Blue soltó una risita.

Todas estallaron en carcajadas. Deuce la miró de reojo y le enseñó el pulgar hacia arriba, celebrando que hubiera recuperado a sus amigas. Cleo le guiñó el ojo cuando sus amigas la atraparon en un abrazo de grupo. Luego se ocuparía de Deuce.

—¡Momi ha vuelto a casa! —gritó Lala.

—Momi ha vuelto a casa —sonrió Cleo.

Para: **Clawdeen, Lala, Blue**

11 oct., 21:28

CLEO: LA SESIÓN SIGUE N PIE. ¡ESTÁN INCLUIDAS! STARÉ EN SUS STUDIOS TODO EL DÍA. LA REVISTA ENVIARÁ UNA LIMUSINA PARA USTEDES. LAS RECOGERÁ DESPUÉS D LA ÚLTIMA CLASE DL JUEVES. ^^^^^

Para: **Cleo**

11 oct., 21:29

CLAWDEEN: ¡MENOS MAL K S M OLVIDÓ CANCELAR LA CITA PARA HACERME LA CERA! ¡K GANAS! ¡GRACIAS! ####

Para: **Cleo**

11 oct., 21:31

LALA: ¡¡¡VAMPTÁSTICO!!! ::::::::::::

Para: **Cleo**

11 oct., 21:33

BLUE: ¡¡¡ALUCINANTE!!! @@@@@

CAPÍTULO 23
RABIA RAD

Riiing. Riiing.

Aquel día, el timbre se suponía que iba a significar mucho más que la simple hora de salida. Debía haber sido una llamada a las armas. Una cuenta atrás para el discurso inaugural de televisión de la utopía de los RAD. La invitación a una *after-party* en el cobertizo de Brett para celebrar su primera salida autorizada desde la década de 1930. Pero también podía ser el solemne "toque de silencio" de corneta en los funerales militares... que Frankie estaba oyendo. Porque sus sueños habían muerto.

Los normis nunca sabrían lo que se había esforzado Claude Wolf para conseguir la beca deportiva. Nunca verían la impresionante colección de 381 gafas de sol de Deuce, ni sabrían nada de los deseos de Blue de convertirse en surfista profesional. Nunca llorarían con Clawdeen mientras revivía el horror de que le echaran *spray* rojo los activistas de PETA, o al tener que ducharse en los vestuarios después de la clase de gimnasia. Nunca se identificarían con la embarazosa lucha de Jackson contra el sudor, ni simpatizarían con la falta de control de D. J. sobre su vida. La negativa de Lala a sonreír continuaría alimentando su reputación de tímida, y la mirada zombi de Julia seguiría malinterpretándose como de estupidez. Heath tendría que quedarse en casa durante la temporada de alergias. El pobre Billy nunca podría salir con una chica que no quisiera que la acusaran de hablar sola. Frankie permanecería escondida bajo una masa de maquillaje atasca-poros y vestidos que recordaban a las tiendas del desierto. Y Brett y Melody seguirían preocupados de mantener a sus amigos RAD en secreto.

Aunque les hubieran desenfocado las caras, y el documental no hubiera resuelto todos sus problemas, habría sido un primer paso... Uno que estaban deseando dar por fin todos juntos. Uno que no se había dado en ochenta años. Uno que se había ido a ninguna parte. Por supuesto, Frankie podría volverlo a intentar. Pero se había quedado sin ideas. Además, ¿quién confiaría en ella ahora? Cada cosa que tocaba se convertía en moho.

Por el silencio inusual que había, era obvio que los otros también oían la corneta funeral. Clawdeen, Blue y Lala eran las únicas RAD que no parecían afectadas por la causa perdida. ¿Cómo podían estarlo, cuando las iba a recoger una reluciente limusina negra con un signo en la ventana que decía *TEEN VOGUE*? Tomadas de las manos, corrieron por los pasillos con la delicadeza de una vieja tartana arrastrando latas por el asfalto, con un cartel de RECIÉN CASADOS. Pero en vez de ir arañando el pavimento a su paso, el rastro que dejaban era de empalagosa loción de frutas, perfume floral y amigas que siguen con su vida, sin pensar en ti.

De pronto, Melody apareció delante de la taquilla de Frankie, jadeando.

—¡No lo vas a creer!

Tenía las mejillas encendidas, los ojos grises muy abiertos y el pelo negro totalmente revuelto. Su belleza era indiscutible, y no le hacía falta ponerse ni una pizca de maquillaje. Una punzada de envidia hizo que Frankie no le preguntara qué había pasado. Después de todo, no podía ser muy malo. La vida de Melody era perfecta.

—Candace está enferma en casa —continuó Melody.

—Pues vaya —dijo Frankie, dándose cuenta de lo apagado de su voz—. Espero que se le pase pronto —cerró la taquilla y se colgó del hombro la mochila, llena de tachuelas plateadas.

—Bah, lo está fingiendo... —siguió Melody—. Pero estaba viendo la tele cuando apareció un anuncio de *Monstruos de lo más normales*. ¡Canal 2 lo va a emitir!

Frankie empezó a caminar hacia la salida. Melody corría a su lado como un cachorro.

—Debe de ser un error —aseveró Frankie, sin querer hacerse ilusiones—. Seguro que alguien nos habría avisado.

—No es un error. Candace llamó a la cadena. ¡Lo van a emitir!

—¿Estás segura?

Melody asintió.

"¡ELECTRIZANTE!"

Frankie se paró en medio del pasillo, ignorando los codazos accidentales de los estudiantes que pasaban, y le dio la noticia a Brett en un mensaje.

Apareció a su lado en cuestión de segundos.

—¿Estás segura? —preguntó.

Melody le contó lo que había descubierto Candace.

—¿Por qué no me habrá llamado Ross?

Las chicas se encogieron de hombros.

—¿Qué le habrá hecho cambiar de idea sobre lo de ocultar los rostros?

—Quizá se sentía culpable —sugirió Melody.

—Pensaba que pretendían que fuéramos todos los del documental al estudio para ver allí la retransmisión.

—Llámalo —le exhortó Frankie.

Brett llamó a Ross cuatro veces, sus uñas pintadas de negro marcaban el número con desbordante energía. Pero le saltaba siempre directamente el contestador.

—Bueno... —dijo, demasiado excitado para desmoralizarse—. Hagamos una fiesta para verlo todos juntos. ¿Pueden reunir a la gente en el cobertizo sobre las cinco y media? Tendré todo preparado y pediremos pizza.

Separaron sus caminos con los propósitos renovados. Frankie se levantó la falda de matrona campesina que arrastraba todo el polvo del suelo, mientras bajaba corriendo los escalones del instituto para difundir las buenísimas y asombrosas noticias.

En poco más de una hora, Brett había transformado su museo monstruoso en una cómoda sala de proyecciones. Había colgado una televisión de pantalla plana, creado dos filas de asientos, todos diferentes, y preparado una mesa llena de cajas de pizza, refrescos y cuencos de golosinas. Dejó las puertas abiertas para evitar que Jackson se acalorara demasiado. Tenía un extintor de incendios listo para Heath, había separado tres pizzas "amantes de la carne", para los Wolf, y hasta tenía un radiador a mano en caso de que Lala se pasara por ahí después de la sesión de fotos. El jarrón de tulipanes verdes era para Frankie.

La habitación pronto se llenó de gente murmurando sobre los giros del destino. Y por lo menos cinco personas le dijeron a Frankie lo afortunada que era de estar con Brett. No Brett el normi. No Brett el NUDI. No Brett el ex de Bekka. Los calificativos habían desaparecido. Habían borrado las líneas divisorias. Él ya no estaba separado de ellos. Era simplemente Brett. Era una buena señal. Si este grupo podía aceptarlo, todos podrían.

—Allá vamos —gritó él, subiendo el volumen de golpe.

La charla y el ruido de masticar cesaron. Todos se acomodaron en las sillas, inquietos y expectantes. Brett se quedó en pie junto a la pantalla, incapaz de contener su nerviosismo. A Frankie le recordó cómo ella misma, sólo dos semanas antes, estaba con la nariz prácticamente pegada a la televisión mientras lo contemplaba en el hospital. Lo impredecible de la vida la hizo sonreír. Un momento se le caía la cabeza y al siguiente tenía el corazón en la mano. ¡Frankie Stein estaba al fin viviendo!

Todos aplaudieron cuando Ross apareció en la pantalla. Estaba de pie enfrente del cartel de Merston High. Sus rasgos juveniles eran el complemento perfecto para una historia sobre juzgar a la gente por la apariencia exterior. Con su piel tersa, sus grandes ojos marrones y su sonrisa con hoyuelos, más que noticias parecía que lo que iba a dar eran helados.

—¿Debería estar mostrando nuestro instituto? —preguntó Deuce.

Nadie contestó. Estaban esperando a ver adónde iba todo aquello, conteniendo la respiración. Julia se ajustó las gafas en la nariz con un gesto nervioso.

—Estamos en la semana dedicada a Oregón, aquí en Canal 2, y nuestro lema: "Todo es verdad en el Dos" nunca ha sido más... bueno, auténtico —se rio—. Hace dos semanas, conseguí la primicia de que había monstruos (sí, *monstruos*) viviendo aquí mismo, en Salem —fue andando hasta el otro lado del tablón. Allí, las letras se habían recolocado para decir MONSTER HIGH—. ¿Se ha hecho realidad nuestra peor pesadilla... o no?

—¿Acaba de decir "pesadilla"? —preguntó Claude, haciendo rechinar los dientes.

—Shhh —sisearon todos.

—Lo que estás a punto de ver son entrevistas que conseguí de esos monstruos. Algunas los harán reír. Otras los harán llorar. Pero todas les dirán lo que necesitan saber.

El título del programa, sangrando en color rojo, giró en la pantalla y palpitó al ritmo de la música de *Psicosis*.

—¿Qué pasó con mis diseños? —gritó Jackson.

Pffffrrrttt.

—Lo siento —dijo Heath mientras disparaba una corriente de fuego desde el trasero de su asiento—. Esa pizza de salchichas estaba superpicante.

De pronto, el cobertizo era una sauna. Pero nadie pareció darse cuenta... porque Bekka había irrumpido en la pantalla. Con un vestido blanco de volantes y demasiado colorete, estaba sentada sobre algo semejante a un banco de iglesia. Ahogaron un grito.

—¿Qué está haciendo ella ahí? —preguntó Brett a la televisión.

Melody se acercó a Frankie y susurró:

—¿Qué pasa?

Frankie se tiró de las costuras del cuello.

—No tengo ni idea.

La cámara se acercó mucho a la pecosa cara de Bekka cuando ésta empezó a hablar.

—Hola. Soy Bekka Madden. Mi novio, Brett, hizo la siguiente película, pero bajo coacción. Las criaturas que van a ver ahora lo poseyeron. Lo convirtieron en el zombi de su propaganda, forzándolo a grabar esas escenas para ganar su confianza. Una vez la tengan, les robarán el alma y sorberán sus mentes. Pero no es momento de dejarse llevar por el pánico. Es tiempo de pasar a la acción. Deténganlos antes de que los detengan ellos. Y, Brett, si me estás viendo, te quiero. Puedes volver ahora. Yo te mantendré a salvo.

"¿Cómo ocurrió esto? ¿Por qué ocurrió? ¿Quién dejó que ocurriera?"

El *show* empezó inmediatamente con la entrevista de Jackson a cara descubierta.

A Melody se le cortó la respiración.

—Brett, ¿qué están haciendo? —gritó Jackson.

—¡No tengo ni idea!

—¡Nos engañaron! —aulló Claude, lanzando un trozo de pizza para amantes de la carne a la pantalla de televisión. Se quedó pegada y fue deslizándose hasta aterrizar haciendo *chof* en el suelo.

—¡Todos sabrán dónde vivimos!

—¡Nunca nos dejarán volver al instituto!

—¿Qué pasará con mi beca?

—¿Dónde nos vamos a esconder ahora?

—Y además, ¿cómo vamos a llegar?

—Mis padres me van a matar.

—Yo ya estoy muerto, pero los míos van a matarme igualmente.

—Ya no conseguiré hacer de Julieta.

—¡Tenía mi prueba de conducir mañana!

—¡Hay un *friqui* viviendo en mi interior! —exclamó D. J., con la cara cubierta de sudor—. ¿Por qué no me lo dijo mi madre? ¿Por qué ninguno de ustedes me lo dijo? —se abrió paso entre las apretadas filas de sillas y salió corriendo del cobertizo.

—¡D. J., espera! —gritó Deuce. Pero era demasiado tarde. Se había ido.

—Es culpa mía —dijo Heath, enrojeciendo.

—D. J. tiene razón. ¡Deberíamos salir de aquí!

—Dios mío, ¿cómo vamos a parar esto? —preguntó Melody en medio del creciente caos.

—No tengo ni idea —dijo Frankie, temblando.

Sonó su celular. Respondió en modo altavoz, para evitar hacer un cortocircuito con sus chispeantes tornillos.

—¿Está pasando esto de verdad? —rugió Clawdeen.

Frankie abrió la boca, pero no salió ningún sonido.

—Cleo debe de estar al corriente de esto —continuó Clawdeen—. Ha sido amiguísima de Bekka durante las últimas dos semanas. Tiene que estar implicada.

—¿Por qué nos haría algo así? —gritó Lala de fondo.

—¿Por qué estás tan preocupada? —exclamó Blue—. Al menos nadie puede ver tu cara.

A Frankie se le revolvió el interior.

—¿Están en la sesión de fotos? —preguntó, sin saber qué más decir.

—En la limusina. Vamos camino de la sesión, pero lo vimos todo en la tele del coche. ¡No quiero ver a Cleo ni ninguna otra cámara el resto de mi vida! Estamos dando la vuelta y regresando a casa. Eso, si nuestro conductor no nos mata primero. Sigue comprobando el espejo retrovisor y preguntando por qué no puede ver a Lala. Cree que le hicimos algún tipo de hipnotismo monstruo. Te juro que conduce a más de doscientos por hora ahora mismo. Fuimos estúpidas al confiar en Cleo. Ojalá un camello se le haga una humeante caca encima... ¡REDUCE LA VELOCIDAD! —gritó—. No vamos a hacerte daño, ¿de acuerdo? Frankie, deberías tener cuidado con Brett y Melody. Es probable que planearan todo esto con Bekka.

Melody ahogó un grito.

—¡Eso es completamente falso! —gritó al micrófono.

—¿Ah, sí? Porque estábamos de maravilla hasta que tú apareciste.

—Clawdeen, yo nunca...

—No la escuches, Frankie. Sólo sal de ahí tan rápido como puedas. Nosotras llegaremos pronto a casa. A no ser que este loco nos mate. ¡He dicho que REDUZCAS LA VELOCIDAD!

Se cortó la línea.

Frankie no sabía qué hacer. ¿Iba Clawdeen bien encaminada? Su teoría tenía sentido. Brett y Bekka... juntos para siempre. Él, un director en ciernes buscando una oportunidad... y tropieza con la historia del siglo. Organizan un plan... Envían a Brett y a Melody a trabajar desde dentro... para ganar su confianza y conseguir su corazón. Su cobertizo era un decorado... los pósteres del abuelo Stein, utilería... un complejo esquema con un único fin en mente: hacer un éxito viral... global... llegar a Hollywood.

—¿Cómo pudiste hacernos esto? —le gritó a Melody.

—De verdad, Frankie, no tengo ni idea de lo que estás hablando.

Su débil respuesta no merecía la atención de Frankie ni un minuto más. Melody no era sino una cara bonita que había sido utilizada —como los demás— para favorecer la búsqueda de inmortalidad de Brett y Bekka. Irónicamente, la inmortalidad era algo que muchos RAD tenían por naturaleza. Sin embargo, Brett y Bekka tenían que buscarla de la manera normi: vendiendo sus almas a cambio de la fama.

—¡Me mentiste! —gritó Frankie. Pero sus palabras se perdieron entre la sarta de insultos, amenazas y aperitivos que estaban arrojando sobre Brett. Aun así, ella siguió gritando. Brett simplemente se quedó junto a la televisión, inmóvil, aceptando en silencio su castigo.

—¡Corran! —gritó Deuce—. No se va a quedar de piedra para siempre.

En masa, los RAD salieron disparados del cobertizo y se dispersaron por las calles en una auténtica batalla campal. La sensación de unidad había desaparecido. Una vez más, corrían para salvar sus vidas. Frankie no sabía si perseguirlos, tirar a Brett al suelo o llamar a sus padres y meterles prisa para que empezaran a hacer las maletas.

Al final, corrió.

Corrió y corrió y corrió sin un destino en la cabeza. Lanzando chispas y sollozando por todo Baker Street, Frankie no pudo evitar pensar que tal vez Cleo tenía razón. Quizá Viktor debería despedazarla.

Porque si él no lo hacía, otra persona lo haría.

CAPÍTULO 24
PALABRA DE SIRENA

—¿D. J.? —gritó Melody mientras torcía hacia Piper Lane—. ¿Jacksonnn?

Nadie respondió. Así que siguió corriendo y llamándolos. Fila de árboles tras fila de árboles, gritaba y corría, calle tras calle, evitando los coches e interrumpiendo juegos callejeros de futbol.

—¿D. J.? ¿Jackson? —gritaba por Dewey Crescent.

—¿D. J.? ¿Jackson? —gritaba por Willow Way.

—¿D. J.? ¿Jackson? —gritaba por Narrow Pine Road.

Nadie contestaba.

Treinta minutos después del éxodo masivo del cobertizo, seguía todavía corriendo y gritando. Y ni una sola vez tuvo que parar para tomar una bocanada de su inhalador. De hecho, podría haber seguido, si hubiera pensado que serviría para algo. Era lo único positivo de aquella tarde horrible y gris.

La puso enferma hasta la náusea pensar en la estratagema de Brett y Bekka. Cuánto estaba haciendo retroceder a los RAD... por no mencionar su lugar entre ellos... ¿Y para qué? ¿El orgullo de Bekka? ¿La carrera de Brett? ¿Un subidón de adrenalina?

Melody redujo el ritmo a paso normal. Tanta carrera no la llevaba a ningún lado. La gran pregunta era: "¿Y ahora qué?". ¿Seguir buscando a D. J. y Jackson? ¿Convencer a Frankie de que no había tenido nada que ver con el programa de televisión? ¿Esconder a los RAD en su casa? ¿Que su padre les hiciera una cirugía plástica para convertirlos en normis? ¿Encontrar a Bekka y Brett, untarlos de salsa barbacoa y dejarlos ante la puerta de los Wolf? ¡Sí, sí, sí, sí y *sí*!

O podría enfrentarse a la única persona con la que nadie quería hablar. La que probablemente tuviera las respuestas. La que necesitaba a Melody tanto como Melody la necesitaba a ella, aunque no lo supiera.

Sentada en un bordillo, marcó el número de Candace. La J roja que Jackson había escrito en la puntera de hule de su tenis negro se había corrido y había empezado a desaparecer. "¿Será una señal? ¿Me necesita? ¿Estoy tomando la decisión correcta? Y si...".

—¡A-chís! Snif. ¿Hola? ¿Mel? —respondió Candace—. *¡Ppadre ppía!* —dijo con voz nasal—. *¿Piste* ese *prograpa?* Esto no puede ser *pueno,* ¿verdad? ¡A-chís!

Melody puso los ojos en blanco.

—Sé que lo estás fingiendo, Can. Puedes hablar normal.

—Está bien, ¿qué quieres?

—Tienes que cumplir tu deber NUDI. Necesito que me lleves en coche.

Melody se mordió el labio, temiendo escuchar el estridente sonido de su risa en modo "debes-de-estar-tomándome-el-pelo".

—¿Dónde? ¿Cuándo? ¿Qué me pongo?

—¿En serio? —preguntó Melody, sorprendida de que Candace hubiera accedido tan fácilmente—. Este... Esquina de Forest y Cliff. Ahora. Ajustada. Ah, y trae algo para mí también. Estoy un poco sudada. ¡Corre!

—¡Cambio y corto!

Mientras Melody esperaba, marcó el número de Jackson varias veces, pero sus llamadas iban directamente al buzón de voz. Lo mismo ocurrió cuando intentó localizar a Frankie. Melody se levantó, estiró las piernas mientras se apoyaba en el tronco de un árbol y llamó otra vez. Y otra vez. Y otra vez. "¿Y si les confiscaron los teléfonos? ¿Y si están en el asiento trasero de un coche de policía, camino de Alcatraz? ¿Y si...?".

Iiiiiiiuuuuuu iiiiiiiuuuuuu iiiiiiiuuuuuu...

El sonido de una sirena de policía que se aproximaba redujo los pensamientos de Melody a la espiral del miedo. La redada había comenzado.

Iiiiiiiuuuuuu iiiiiiiuuuuuu iiiiiiiuuuuuu...

Se quedó quieta.

Iiiiiiiuuuuuu iiiiiiiuuuuuu iiiiiiiuuuuuu...

Se le había subido el estómago a la garganta. Sus brazos tiritaban de miedo; las piernas le temblaban queriendo huir.

Iiiiiiiuuuuuu iiiiiiiuuuuuu iiiiiiiuuuuuu...

Un todoterreno de gama alta chirrió al torcer la esquina de Cliff. La sirena sonó con más fuerza, pero el coche de policía seguía sin aparecer.

—¡Eh! —gritó Candace por encima de la sirena que salía de su propio coche. Finas trenzas surgían al azar en el caos de sus rizos. Llevaba un vestidito sin tirantes, de seda amarilla, un collar de plumas de pavo real y unas sandalias altas de color turquesa. Se había echado por el cuerpo polvos brillantes de color bronce, y suficiente perfume como para hacer otro agujero en la capa de ozono—. ¡Sube!

—¿Qué es eso? —gritó Melody, tapándose los oídos.

—Un efecto de sonido "coche de policía". Lo descargué de Internet. Como conductora de los NUDI, pensé que podría necesitarlo algún día. No te preocupes por los 99 centavos, los puedo deducir.

—Bueno, ¿puedes apagarla? —preguntó Melody, saltando al asiento del pasajero—. Ya tengo bastante ruido en la cabeza ahora mismo.

—De acuerdo —Candace se encogió de hombros—. Fuera sirena.

Y se marcharon.

CAPÍTULO 25

SALVADOS POR LA MELÓDICA

Sentada en un trono plegable de lona negra y madera, Cleo, con la mirada fija en la blanca tienda, se sentía totalmente como una reina egipcia. Obreras frenéticas zumbaban de un lado para otro a su alrededor, poniendo cables, limpiando objetivos de cámaras e intentando arrastrar expositores de ropa a través de la arena.

Igual que las mujeres de sangre real que la precedían, contemplaba las dunas doradas, maravillándose ante el perfume de ámbar de la brisa y cómo éste modelaba y modificaba el terreno con la delicadeza del pincel de un artista. Era como si Ra le hubiera encargado al viento que creara aquella belleza exclusivamente para ella.

Antiguamente, momentos como éste se habrían inmortalizado en polvorientos muros, mediante burdos dibujos de buitres, piernas desmembradas y zigzags. Por fortuna, los tiempos habían cambiado. En cuanto sus amigas llegaran, Cleo sería fotografiada por Kolin VanVerbeentengarden, iluminada por

Tumas y destacada en *Teen Vogue*. Si la revista pudiera llegar también al Más Allá... a tía Nefertiti le encantaría.

Después de tres horas de probarse ropa y joyas, dos horas de peluquería y maquillaje, un carísimo exfoliante podal con sales del Mar Muerto y una manicura en manos y pies, Cleo ya estaba lista para primeros planos. Y también para planos medios, sensuales, de acción, regios, planos de "soy-demasiado-*sexy-para-este-camello", y planes* de hacerse un nombre en el tremendamente competitivo mundo del diseño de joyas. Sus dibujos y muestras estaban guardados en la caja fuerte del tremendo coche de Manu, aguardando con paciencia su momento de fama. Y lo conseguirían, en cuanto Cleo impresionara a los editores con su profesionalidad y su bien ensayado repertorio de poses.

Una escuálida becaria estacionó su cuatrimoto junto a la tienda.

—¿Se sabe algo ya? —preguntó ella. Llevaba el pelo sujeto por detrás con un pañuelo carísimo, reforzado por unas gafas blancas de diseño. Su semitransparente camiseta verde lima flotaba sobre los asfixiantes pantalones entubados que llevaba.

"Ejem... ¿Quién es la modelo aquí?"

—Jaydra no quiere esperar más. Se nos va la luz.

"¿Dónde están?"

Cleo bajó la cabeza y checó su teléfono. Tenía cobertura y le quedaba muchísima batería. Pero ningún mensaje nuevo. Las cuentas de su tocado de oro tintinearon por la que sin duda sería la última vez si Clawdeen, Blue y Lala no aparecían.

—Deberían haber llegado hace dos horas. No lo entiendo —consiguió decir, con voz ronca, a pesar de que sentía un nudo gigante de pelo atravesado en la garganta—. ¿Y si tuvieron un accidente?

—Entonces tienes tres minutos para despegarlas de la carretera, o cancelamos la sesión —soltó la becaria, acelerando bruscamente con una de sus sandalias de plataforma de corcho de firma y saliendo con gran estruendo.

Cleo podía enviar otro mensaje, pero ¿qué sentido tenía? Ya había mandado once, en diferentes tonos, y aún no había recibido ni una sola respuesta. Normalmente se habría preguntado si sus amigas estaban enfadadas con ella. Pero aquel día no. Habían estado mandándole mensajes durante la última hora, contando los segundos hasta poder encontrarse con ella en el set.

Checó el papel de plástico con el que le habían envuelto los pies para proteger su pedicura. Luego fue andando como un pato sobre los talones hacia su calvo salvador.

—Manu —lloriqueó, reteniendo las lágrimas que la conducirían de vuelta al camión de maquillaje—. ¿No las has encontrado todavía?

Manu estaba de pie al fondo de la tienda, con cuatro oficiales encargados de vigilar las joyas. Checó tres celulares a la vez. Levantó los ojos oscuros y sonrió.

—Ya se están estacionando.

—¡Gracias a Geb! —Cleo levantó los brazos en un abrazo virtual, evitando el contacto por miedo a alborotar su corpiño de plumas.

—Es cierto, gracias a Geb —dijo él, devolviendo el gesto.

—¡Reunión! —anunció Jaydra, la temida editora de accesorios de moda. Saltó del asiento trasero de la cuatrimoto de la becaria y reunió a lo mejor de su equipo. Su pelo corto decolorado, la blancura de yogur de su piel, y los anillos gruesos y chillones que llevaba en todos los dedos le dieron a Cleo algo de consuelo. Al parecer el negocio de la joyería no era tan competitivo como había pensado.

—Las chicas ya llegaron, ¡y están divinas! Sólo necesitan unos retoques rápidos y cambiarse de ropa. Si no conseguimos algo, lo arreglaremos en posproducción. ¡Vamos! Está cayendo el sol. Ya tenemos la noche encima.

"¿Dijo divinas?"

Cleo siempre había sabido que Blue y Clawdeen tenían estilo. ¿Atractivas? Sí. ¿Intrigantes? Definitivamente. ¿Exóticas? Al ciento por ciento. Pero ¿divinas? ¿Según la media normi? Mmm... quizás el mundo estaba preparado para el cambio, después de todo.

—¡Cleo!

Se volvió con alegría. Era la primera vez en todo el día que alguien la llamaba de otro modo que no fuera "la egipcia".

Era Melody Carver. En un vestido de chifón con estampado de leopardo.

"¿Se ha vuelto todo el mundo loco?"

—¿Qué estás haciendo aquí? —preguntó, mirándola por encima del hombro: esperaba ver a las demás detrás. Pero lo único que vio fue a una rubia con vestido amarillo y tacones, tropezándose por la arena—. ¿Dónde están las chicas?

—¿De verdad esperabas que aparecieran después de lo que hiciste? —preguntó Melody, entrecerrando sus ojos grises acusadoramente.

—¿Disculpa? —preguntó Cleo, haciendo tintinear otra vez su tocado de oro—. Me dijeron que acababan de llegar.

—Pues se equivocaron —Melody se recolocó en el hombro el tirante que se le había caído.

—¿Me puedes explicar por favor qué está pasando? Para empezar dime por qué llevas puesto un vestido de diseño de imitación.

La rubia dio un paso adelante.

—Primero, no es de imitación. Es vintage del ochenta y nueve. Y segundo, vas a tener que explicar cosas muy graves.

—¿Y tú quién eres —repuso Cleo, con cuidado de no despeinarse—, Barbie sobre sandalias?

—Es Candace, mi hermana —respondió Melody—. Y estamos aquí representando a los NUDI para descubrir por qué te has propuesto destruir a tus amigos, intencionadamente. Lo esperaría de Bekka, pero ¿de ti? ¿Tienes idea de lo que has hecho? Todos están...

—¡Guau! Jaydra tenía razón —exclamó entusiasmado un tipo delgado como un palillo, con unos pantalones entubados de color rojo, camiseta blanca con imagen de Tutankamón y tres pañuelos de muselina—. Soy Joffree. Sin apellidos. Y ustedes son *divinas*. Deben de ser de Los Ángeles. Tiene ambas la talla 34, ¿no?

—Yo la 32 en el trasero y la *Large* por delante —guiñó Candace.

—Dejen que les traiga algunas cosas. Volveré antes de que digan "snuflófago".

—Es "sarcófago" —le corrigió Cleo por lo que parecía la billonésima vez.

—Dios mío, ¡qué bloqueo mental! —canturreó mientras se iba correteando.

—Melly, ¡no me habías dicho que veníamos para hacer de modelos! —exclamó Candace, radiante, saludando con la mano a un fotógrafo musculoso.

—¡Y no hemos venido para eso! —soltó Melody—. ¡Hemos venido a averiguar la verdad!

—¿Sobre qué? —insistió Cleo. Todo a su alrededor se movía tan rápido… El revoloteo de los asistentes, la pérdida de sus amigas, las divinas-normis, las acusaciones falsas—. Juro ante Geb que no tengo ni idea de lo que estás hablando.

—¿*Monstruos de lo más normales*? ¿Las entrevistas a cara descubierta? No finjas que no lo sabes.

—¡No estoy fingiendo! —gritó Cleo. Necesitaba desesperadamente más brillo de labios.

—¡Las emitieron! ¡Sacaron las entrevistas sin ocultar las caras!

—Espera, *¿qué?* —se quedó totalmente inmóvil—. ¿Cómo es posible? —preguntó Cleo, frenética—. Yo estaba justo allí cuando…

—¡Ajá! —Melody dio una palmada—. Entonces *sí* sabes algo.

—Yo nunca quise que ese estúpido programa se emitiera, ni siquiera cuando las caras estaban borrosas. Sabía que era peligroso. ¿Así que por qué iba a querer que lo pusieran con las caras al descubierto? —Cleo se masajeó las sienes, a punto de estallar. Su mente estaba poniéndose al día. Intentando averiguar todavía por qué sus amigas no habían aparecido. Preguntándose cómo diablos podía haber sucedido una catástrofe así. ¡Todos sus amigos quedarían al descubierto!

La becaria detuvo la cuatrimoto, puso las manos en forma de altavoz y gritó:

—¡Joffree! ¡Hace ya ocho minutos que Jaydra necesitaba a las nuevas vestidas y sobre los camellos!

—¡Entonces alguien tendría que habérmelo dicho hace nueve minutos! —rezongó él, deslizando perchas dentro del expositor—. Vamos, las nuevas, vengan aquí conmigo —las llamó.

—¡Ya vamos! —Candace emprendió su tambaleante caminata hacia los expositores de ropa.

—¡Para! —gritó Melody. Su hermana se detuvo al instante—. No vinimos aquí para hacer de modelos.

—Sí lo hicieron —suplicó Cleo en un susurro—. Por favor, háganlo. *Por favor*. Les contaré todo lo que sé. Palabrita de Ra —levantó el rostro hacia el sol poniente—. Tenemos que hacer esto... no llevará mucho tiempo. Hasta te regalaré algunas muestras de mi nueva línea de joyería, en el minuto en que salga al público.

—¿Me lo prometes? —preguntó Melody.

—Absolutamente. ¿Eres más una chica "ojo de tigre" o te gusta el oro sin adornos?

—¡No! ¿Prometes que me vas a contar lo que sabes sobre el programa?

—Por las siete vidas de todos mis gatos.

Mientras las hermanas Carver se estaban cambiando, Cleo intentó colocar todo en su sitio. El documental retransmitido... sin difuminar las caras... pero ¿cómo? No podía imaginar a Brett haciéndolo a espaldas de Frankie. Parecía demasiado íntegro para hacer algo así. Incluso habiendo salido con Bekka, cosa que a Cleo le seguía pareciendo difícil de creer. ¿Qué es lo que alguien como él vería en... "¡Por la diosa! ¡Bekka!".

Melody apareció primero. Con la típica peluca negra con flequillo, se parecía a Cleo disfrazada en Halloween, salvo por el descaro. El vestido sin mangas y con profundo escote en "V" estaba hecho de capas de etérea seda blanca y hebras doradas, y ondeaba como las velas de un barco en la brisa de la tarde. Sus ojos grises estaban perfilados por una gruesa línea de kohl azul turquesa, y adornados con pestañas postizas de color dorado. Incluso sin las joyas, que le colocarían en el último minuto por razones de seguridad, era la encarnación de la alta costura de El Cairo en una mujer buena de Babilonia.

—Oye —dijo Cleo con media sonrisa—, estás bien... para ser tú.

Melody sonrió.

"Por fin."

—Marco Antonio, Marco Antonio, ¿por qué eres tú, Marco Antonio? —dijo Candace, imitando a Julieta, mientras sus ojos recorrían la tienda y apoyaba la mano en su desolado corazón. Llevaba la misma peluca de su hermana, pero el vestido de Candace era dorado, el kohl que le habían puesto era negro y las pestañas postizas, de jade oscuro. Jaydra tenía razón: las hermanas Carver eran indiscutiblemente divinas. Pero Cleo se sentía demasiado agradecida como para estar celosa. Además, ¡su pelo era real! Y eso también contaba.

—Síganme —la becaria hizo que se apresuraran a través de la tienda, ante los admirados ojos de los miembros del equipo. Aun sin las miradas, Cleo sabía que el trío estaba a la altura de *Vogue*.

—Más vale que me cuentes lo que sabes —murmuró Melody por un lado de la boca, empapada de brillo—. Porque no me importaría nada quitarme esta peluca e irme a casa.

—De acuerdo —Cleo suspiró y después confesó su plan para borrar la película. Plan que, ahora que estaba en la sesión de fotos, parecía descabellado. Resultaba increíble que casi hubiera hecho algo tan despreciable sólo por estar *ahí*, con un grupo de normis histéricos y desnutridos que se habían pasado el día refiriéndose a ella como "la egipcia".

—¿Así que estás diciendo que no hiciste nada?

—No tuve que hacerlo. Cancelaron el programa.

—Entonces, ¿cómo...?

—Bekka —dijo Cleo—. Debió de entrar en la computadora de Brett cuando yo me fui.

—Te dije que no confiaras en ella —replicó Melody.

—No lo hice —dijo Cleo—. Pero la necesitaba.

Melody asintió despacio, identificándose con Cleo, no juzgándola.

—¿Y qué hacemos ahora?

—No lo sé. ¿Sonreír? —dijo sarcásticamente, mientras entraban en el set.

—¡Guau! —exclamó Candace—. Siento como si estuviera en una de esas "playas-dentro-de-una-botella" que venden en las tiendas de los aeropuertos.

Cleo se rio. Candace tenía razón. La arena estaba teñida de rosa, amarillo y naranja, y se encontraba amontonada más a la izquierda que a la derecha, como si alguien la estuviera volcando. Había tres camellos sentados en el extremo más bajo, con las patas dobladas debajo de su cuerpo, rumiando lentamente y suspirando.

—Increíble. Esto es justo lo que quería —dijo un hombre musculoso con camiseta negra, pantalones de camuflaje y una coleta rubia—. Soy Kolin VanVerbeentengarden —extendió una mano bronceada hacia Candace—. Pero la mayoría de la gente me llama simplemente VanVerbeentengarden.

—Candace. Pero la mayoría de la gente me llama simplemente Impresionante.

Cleo y Melody se rieron.

—Voy a añadir la botella y el corcho en posproducción —explicó VanVerbeentengarden—. El concepto es que ustedes tres son antiguas reinas de Egipto que acaban de llegar a la orilla en esta botella y…

—Y aparecimos en la América actual con la misión de compartir esas gemas con los adolescentes modernos de hoy en día —finalizó Candace.

—¡Precisamente! —exclamó VanVerbeentengarden.

—Sí —asintió Candace—. Lo veo con toda claridad.

—Y yo veo con toda claridad a ti y a mí saliendo juntos después de estas tomas.

—Eso depende —coqueteó Candace.

—¿De qué?

—De cómo salga en las fotos.

"Es muy buena."

—Es la menor de mis preocupaciones —VanVerbeentengarden guiñó otra vez mientras un asistente le colgaba una cámara al hombro como si fuera un fusil de asalto. Entonces el fotógrafo centró su atención en una caja de objetivos.

Sobre sus cabezas, titilaron las luces con forma de estrella que había en la bóveda, arrojando un mágico centelleo por la resplandeciente arena. Era perfecto. A las joyas de la tía Nefertiti les iba a encantar.

—Nunca habría imaginado que esto iba a ser el interior de una botella de ésas —admitió Cleo.

—Ni yo —dijo Melody.

—Ni yo —dijo Candace—. Lo leí en el portapapeles que llevaba Joffree.

Cleo estalló en carcajadas.

Melody simplemente levantó los ojos a lo "ella-es-así".

—Bueno, chicas, vamos a subirlas a esos camellos —dijo la becaria.

Las hermanas intercambiaron miradas de nerviosismo. Pero Cleo no. Ella había montado en camello en el zoo infantil de Zanzíbar cuando tenía siete años. Y por lo que recordaba, no era muy distinto de montar sobre un caballo lento y lleno de bultos, cosa que también había hecho en Zanzíbar.

—Quédense en el sendero para no estropear la arena. Cada animal tiene una pegatina en su joroba con su nombre y el de ustedes. Por favor, que cada una pida el suyo y espere al camellero. Él las montará.

—"¡Qué más quería él" —se rio por lo bajo Cleo.

—¡Ésa es buena! —Candace chocó la mano con ella.

Cuanto más se acercaban a los camellos, más olía como a heno mojado y caca de gato.

Candace hizo una mueca.

—¡Puaj! ¿Qué es eso?

—Un trasero de camello —dijo Melody con una risita.

—Creo que el mío está enfermo —dijo Cleo. Se tapó la nariz mientras se acercaba a leer el nombre que había en su joroba—. No te preocupes, Nilo —le susurró, sacando un minipulverizador de su escote—. Esto debería ayudarte —fue rodeando al camello castaño mientras pulverizaba fragancia de ámbar por el aire pestilente. Él estornudó. Ella lo roció. Él estornudó. Ella lo roció.

—¿Puedo probar un poco de eso? —preguntó Candace.

Cleo le lanzó el perfume.

—Eh, Humphrey, ya no estás sólo entre chicos —lo roció Candace—. Ahora estás en presencia de modelos. Tienes que oler lo mejor posible.

Le tiró la botella a Melody. Después de la primera rociada, Luxor estornudó, se levantó balanceándose sobre sus patas y se fue corriendo. Nilo y Humphrey lo siguieron.

Las chicas se apartaron rápidamente.

—Oh, Dios mío, ¿dónde está el camellero? —gritó Jaydra mientras los camellos estornudaban y salían en estampida, armando un buen lío con la arena de colores—. ¿Dónde está?

—¡La camellera está aquí! —gritó una chica morena, baja y fornida, con ropa de jeans y guantes negros—. ¿Qué pasa?

—¡Mi decorado! —gritó VanVerbeentengarden—. ¡Haz algo, camellera!

—¡Mi nombre es Kora! —exclamó ella, preparando el lazo que llevaba sujeto en sus pantalones de peto—. ¡Jesús! Alguien que se llame VanVerbeentengarden debería ser capaz de recordar "Kora".

—Concéntrate en hacerlos volver. Se nos va...

—Ya, los agarramos —dijo, subiéndose a una cuatrimoto—. Se te va la luz —arrancó y aceleró hacia su rebaño. Pero el ruido del motor sólo consiguió asustar más todavía a los camellos.

Cleo y Candace se engancharon del brazo, apretujándose para protegerse mutuamente de las sacudidas de la arena. Pero se negaron a cobijarse bajo la tienda, como el resto del equipo, que había entrado en pánico. El caos era demasiado entretenido.

—¡Empieza a disparar, VanVerbeentengarden! —gritó Jaydra—. No te pago para que mires.

—¿Y qué se supone que voy a fotografiar? —replicó VanVerbeentengarden—. No tengo modelos, ni joyas, ni visibilidad.

—¡Entonces dispárame a mí! —chilló Jaydra, metiéndose un dedo en la boca a modo de pistola.

—Llevo todo el día deseándolo —gruñó.

—¿Avena? —dijo Kora, arrojándoles comida mientras se les acercaba ruidosamente—. ¿Quién quiere avena? —gritó, asiendo el lazo, preparada para lanzarlo.

Pero los camellos no se dejaban sobornar así como así con comida... Algo que una camellera debiera haber sabido.

—¡Nilo, Humphrey, Luxor! —alguien llamó desde lo alto de la duna arcoiris—. ¡Nilo, Humphrey, Luxor! —la voz era musical... pura, clara y angelical.

—¿Melly? —exclamó Candace al ver a su hermana, iluminada con dorada perfección por el sol poniente, con la tela blanca ondeando a su alrededor. Tenía la presencia de una diosa.

—¡Nilo, Humphrey, Luxor! —cantó.

Jaydra y VanVerbeentengarden dejaron de gritar.

El sonido no se parecía a nada que Cleo hubiera oído nunca, aunque sí a algo que imaginaba habitual en el Más Allá.

—¡Nilooooo, Humphreyyyyyy, Luxorrrrrrr! —trinó Melody.

Cesó el revuelo entre los trabajadores. Hasta Candace se calló.

—¡Nilooooo, Humphreyyyyyy, Luxorrrrrrr! —su irresistible cantilena era una melodiosa seda, navegando sobre las dunas, cada vez más oscuras. Si Clawdeen hubiera estado allí, se habría tirado panza arriba en señal de pacífica rendición.

Kora apagó el motor de la cuatrimoto.

—Nilooooo, Humphreyyyyyy, Luxorrrrrr, están a salvo. Nilooooo, Humphreyyyyyy, Luxorrrrrr, están a salvo. Regresen.

Uno por uno, lo hicieron.

Kora se acercó corriendo, enganchó a los camellos con correas y los condujo de vuelta a sus camiones.

—¡Ya terminamos! —gritó Jaydra, dándole una patada a una bolsa de avena. Se fue pisando fuerte, como diciendo "me-dan-totalmente-igual-tus-diseños-de-joyas". Cleo no la culpaba. La sesión había sido catastrófica. Pero nada decepcionante.

Melody saltó de la duna y corrió hacia ellas, ajena a su impresionante actuación.

—¿Cómo lo hiciste? —preguntó Cleo, fascinada.

Los trabajadores del equipo se acercaron corriendo, para ver más de cerca a la chica de la voz mágica. Pero una vez que se aproximaron, parecían nerviosos e inseguros, como si no supieran si debían darle las gracias o ponerse a rezar. Así que la mayoría de ellos simplemente siguió caminando.

—¡Creo que tu voz volvió! —Candace abrazó fuertemente a su hermana. Cuando se separaron, sus pelucas quedaron torcidas y despeinadas.

—¡Qué locura!, ¿verdad? —Melody frunció sus cejas oscuras—. Sólo quería llamar a los camellos. No tenía ni idea de lo que iba a resultar. Pero ha sido bastante musical.

—Tengo que contárselo a mamá y papá. Les va a encantar —dijo Candace, corriendo hacia una mesa llena de material fotográfico.

—¿Por qué te vas a llamarlos allí? —preguntó Melody.

—Porque después de la llamada voy a preguntarle a VanVerbeentengarden si también hace fotos para anuarios —admitió Candace con una sonrisita culpable.

Melody se rio.

—¿Podemos ir a cambiarnos? Quiero ponerme mi sudadera.

Cleo asintió. Habría hecho cualquier cosa que Melody le pidiera después de lo que acababa de presenciar. ¡Melopea era una especie de susurradora de camellos! Cleo se moría de ganas de perdonar a Deuce para contárselo todo.

—Increíble —dijo Manu cuando las chicas entraron en la tienda. Tenía los ojos húmedos—. Fue absolutamente increíble.

—Gracias —dijo Melody con timidez.

—¿Está aquí tu madre? —preguntó.

—No, vine con mi hermana.

—Bueno —suspiró, como alguien que evocara un recuerdo querido—. Dale a Marina saludos de parte de Manu. Ha pasado demasiado tiempo —después de una bondadosa y prolongada sonrisa, se volvió hacia Cleo—: Voy a recoger las joyas. Me encontraré contigo junto al coche.

—Creo que me confundiste con otra persona —dijo Melody.

—Oh, no —se rio él—. Esa voz es inconfundible. Igual que la de tu madre. Marina podía conseguir que la gente hiciera absolutamente cualquier cosa; era así de embriagadora.

—Lo siento, pero mi madre se llama Glory. Glory Carver. De California.

—¿Estás segura?

—Manu, claro que está segura —soltó Cleo—. Creo que sabe quién es su madre.

Manu se quedó mirando fijamente la cara de Melody de una manera que le habría puesto toda la carne de gallina a Cleo, si no lo conociera.

—¡Manu!

Él negó con la cabeza.

—Tienes razón. Estoy pensando en otra persona.

Melody sonrió, disculpándole.

—Recuerdo haber oído que la hija de Marina tenía una nariz bastante inolvidable. Casi como la joroba de un camello —soltó una risita—. Y la tuya es perfecta. Me confundí. Lo siento.

Se dio la vuelta y se fue.

—Yo también lo siento —comentó Cleo—. Normalmente no es tan raro.

Melody no dijo una palabra.

—Oh, y siento también no haber confiado en ti —se rio con nerviosismo—. ¿Me perdonarás?

Melody tenía la mirada perdida en el vacío.

—Dejaré de llamarte Melopea —Cleo parpadeó juguetonamente—. ¡Oye! —soltó—. ¿Estás escuchándome?

Pero Melody no respondió. Se quedó ahí, nada más, mirando a los camellos pasar y agarrándose la nariz.

Si Cleo no hubiera estado tan ansiosa por reconciliarse con sus amigas y dejar de lado toda aquella terrible experiencia, tal vez le hubiera preguntado a su nueva recluta qué le pasaba. En cambio, subió a su limusina y volvió rápidamente a Salem. Sólo llevaba fuera unas horas, pero parecía que había pasado toda una vida desde la última vez que estuvo en casa.

CAPÍTULO 26
GENES MATERNOS

—¡Deber NUDI cumplido! —Candace salió bruscamente del oscuro estacionamiento y levantó la palma de la mano, esperando una palmada fraternal de triunfo.

—Las manos al volante —insistió Melody.

Candace hizo lo que le ordenaban.

—Está bien. Pero ¡esto ha sido lo máximo de lo máximo!

¡Ping!

Para: **Melody**

14 oct., 18:19

MAMÁ: ¡¡¡CANDACE ME DIJO QUE RECUPERASTE LA VOZ!!! ME MUERO DE GANAS DE QUE ME LO CUENTES. ¡TE QUIERO!

Sin responder, Melody se guardó el teléfono en el bolsillo de su sudadera.

—Can, ¿tú dirías que mi antigua nariz parecía la joroba de un camello? —preguntó, mirando fijamente su reflejo en el retrovisor lateral.

—Sí —dijo Candace, con una risita tonta—. Un poco. Oye, ¿tú sabías que los camellos corrían de esa manera? Yo no tenía ni idea. ¿Te imaginas que hubiéramos estado encima? Desde luego, esa camellera no nos hubiera salvado, eso seguro. Estaba tan histérica, creo que ese olor a caca venía de ella, no de Humphrey. Qué mal que VanVerbeentengarden no tomara fotos. Dijo que no quería que le cayera arena en los objetivos, pero creo que es para bien, porque va a hacer mi foto del anuario en primavera. Oye, a lo mejor podría ser el fotógrafo NUDI oficial. Podría hacer misiones con nosotras y documentar nuestras batallitas. Qué mal que no te sacara soltándoselo todo a Cleo. Me cae bien y todo eso, de verdad, pero ¿en serio iba a borrar el documental? ¿Sólo por meter a sus amigas en la sesión de fotos? Madre mía, ni siquiera yo lo haría. ¿Y qué te pareció Joffree? ¿De verdad crees que no le pusieron apellidos al nacer? —paró por un momento—. Qué pena que VanVerbeentengarden no...

Melody intentó asentir con la cabeza cuando tenía que hacerlo. Intentó estar de acuerdo cuando Candace le daba su opinión. Intentó reír en las partes graciosas. Pero la risa le salía como si fueran pequeños gruñidos. Pensó en preguntarle a Candace si había oído hablar de una tal Marina, una mujer con la voz tan embriagadora que "podía conseguir que la gente hiciera absolutamente cualquier cosa". Pero quizá Manu estuviera equivocado de parte a parte. Quizá Marina fuera una tía lejana, o su antigua niñera, o la madre de alguna otra niña con la nariz como una joroba de camello y una voz mágica. Porque Glory Carver era su madre, de eso estaba segura... hasta entonces.

—Bueno, ésta es mi teoría sobre Jaydra. Para empezar, su nombre probablemente sea Jane Drake, o algo igual de aburrido. Y Jane Drake tenía un estilo terrible hasta que un día encontró trabajo en una tienda de ropa, probablemente gracias a algún familiar. Pero no era una tienda linda de las de diseños o pasarela. Era linda para su nivel. Después de algunos meses, empezó a conseguir descuentos y consiguió algo de ropa. Copiaba a la vendedora más *fashion,* hasta que un día, durante la pausa del almuerzo, alguien del comedor alabó el conjunto que llevaba. Y eso le transformó la vida. Esa noche cambió su nombre de Jane Drake por Jaydra y...

Melody suspiró, deseando no haber conocido nunca a Manu. Había conseguido el respeto de Cleo. No habría más división. Los RAD y los NUDI podrían juntarse al fin en una sola banda, como una fuerza unida. Y debían hacerlo, ahora más que nunca. Melody tenía todo aquello por lo que había estado luchando.

Todo excepto la verdad.

ÍNDICE

¡Entra en
MONSTER HIGH!

El único instituto donde **monstruos** y **"normis"** conviven con total normalidad... o no.

¿Puede un monstruo sobrevivir en un mundo de "normis"?

¡LO FREAK ES COOL!

Frankie, una descendiente de Frankenstein, quiere mostrarse tal y como es ante los humanos. Sin embargo, un día sale a la calle sin maquillaje y la gente huye de ella. Aprende que la vida y el instituto pueden ser muy duros. Allí conoce a otras criaturas no humanas: Deuce, descendiente de las gorgonas, Lala, que es vampira, a la momia Cleo, a la licántropa Claudine, y a Blue, que es semiacuática. Pero también conoce a Melody, una chica "normal". ¿Podrá confiar en ella? Sobre todo cuando el chico al que Melody quiere, Jackson, descendiente de Mr. Hyde, demuestra interés por Frankie.

¡No te pierdas el próximo libro!

Este libro se terminó de imprimir en junio de 2011
en Quad/Graphics Querétaro, S.A. de C.V.,
Fracc. Agro Industrial La Cruz
El Marqués, Querétaro
México.